Courrier Sud

Antoine de Saint-Exupéry

愛米粒
出版有限公司
Emily Publishing
Company, Ltd.

PART 1

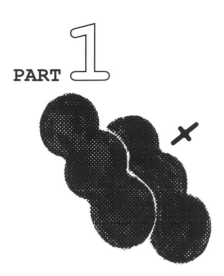

1.

無線電通話。六點十分。土魯斯（Toulouse）呼叫中途停靠站。法蘭西—南美公司（France-Amérique du Sud）郵航機五點四十五分離開土魯斯。完畢。

天空純淨如水，繁星流湧，點點燦亮。接著就是夜了。月光下，撒哈拉的沙丘綿亙無垠。

我們額頭上的燈，燈光照不清物件，只勉強勾勒出輪廓，反而給每樣東西平添些許柔和之意。腳底下是厚實奢華的沙毯，吸納了我們的腳步聲響。我們從烈日的壓迫中解脫出來，沒帶帽子，走著。這個夜：這個家……

可是，如何能相信我們是平靜的呢？信風不停地往南吹。它們沖刷海岸，發出如絲綢摩擦的嘶嘶聲。這已經不是那種來自歐洲的風，會捲颺，會平息。它們在我們身邊呼嘯，就像是跟著一輛行進中的特快車一樣。有時候，在夜裡，它們會往我們身上灌，風勢如此強勁，而我們，面向北方，逆風而立，感覺彷彿就要被帶走，隨風躍升，奔向未知的目的地。那麼急促，那麼讓人心憂！

旭日流轉，白晝又至。摩爾人未見動靜。那些膽大的，敢到西班牙堡壘附近虛張聲勢的一群，身上揹的長槍像是玩具。這就是舞台背景似的撒哈拉大沙漠：桀驁不馴的部落在此褪盡神祕，跑龍套似的上場繞繞。

我們彼此生活在一起，各自有著既定的畫面，而且是最狹隘侷限的畫面。這就是為什麼我們在沙漠從不覺得自己被孤立，而是得等到我們各自回家之後，才會想到我們是如此與世隔絕，得經由透視法來發現。

我們與異教徒反叛區相距不過五百公尺，我們是摩爾人的囚徒，也是自己的囚犯。離我們最近的友好鄰居是，西斯內羅斯[1]與艾提安港[2]，分別距離七百與一千公里遠。它們同樣被撒哈拉沙漠包圍淹沒，就像被包覆在礦脈之中。他們彷彿受到重力牽引，繞著同一座堡壘運行。我們知道他們外號叫什麼，他們有什麼特殊癖性，但是橫亙我們之間的靜默，那厚重之程度直逼有人居住的行星之間的死寂。

那天早上，這個世界，對我們來說，激動地展開了。無線電報接線生終於給我們發了一份電報；沙地裡架著的兩根天線杆，讓我們能與這個世界每個禮拜連上一次線。

法美航空郵航班機五點四十五分自土魯斯起飛。完畢。
十一點十分通過亞利坎提。[3]

土魯斯發話了。土魯斯，航線的起點。遠在天邊的神。短短十分鐘，這消息便從巴塞隆納，一路經過卡薩布蘭加、阿加迪爾[4]，傳到我們這裡，然後繼續往下傳遞到達卡[5]。五千公里長的路途，舉凡飛行必經的機場都得到了通知。晚間六點，他們再次向我們通報：

郵航晚間九點將抵達阿加迪爾，九點三十分出發前往朱比岬[6]，帶著米其林砲彈降落。完畢。朱比岬請準備平常用的燈，完畢。與阿加迪爾保持聯繫待命。以上，土魯斯。

在撒哈拉沙漠，與世隔絕的我們，在朱比岬的瞭望台上，追蹤著一顆遙遠的彗星。

晚間將近六點的時候，南邊一陣騷動：

---

1 Cisneros，今摩洛哥達赫拉（Dakhla）。
2 Port-Etienne，現稱努瓦迪布（Nouadhibou），是西非國家茅利塔尼亞的第二大城。
3 Alicante：西班牙臨地中海之港口。
4 Agadir：摩洛哥西南方城市，濱大西洋。
5 Dakar：塞內加爾首都。
6 Cabo Juby：位於摩洛哥南方海岸的海岬。

達卡呼叫艾提安港、西斯內羅斯、朱比岬：緊急通報郵航消息。

朱比岬呼叫西斯內羅斯、艾提安港、達卡：十一點十分通過亞利坎提後，沒有消息。

當空中出現飛機引擎轟隆轉動的聲音時，從土魯斯到塞內加爾的人們，無不凝神細聽，企盼著郵航機的出現。

2.

土魯斯，清晨五點三十分。

機場公務車俐落地停在停機棚大門前，機棚門戶大開，迎向夾雜雨絲的夜。五百燭光的燈泡清楚地映照出裡頭那些沒有遮掩、硬邦邦的東西，活像是攤架上展示的物品。在這圓弧頂棚下說出的每一個字，回音衝撞，兀自停留不去，迴盪這片靜寂之中。

光潔閃亮的機身，沒有油汙，保養良好的引擎。飛機看起來好像新的一樣。維修技工用發明家似的手指，觸摸精密的裝置。調整工作結束了，現在，他們準備離開。

「快點，各位先生，動作快……」

郵件一袋接著一袋，扔進機腹。接著快速進行查核：

「布宜諾斯艾利斯……納塔爾[7]……達卡……卡薩布蘭加……達卡……三十九袋。對嗎？」

「對。」

飛行員開始著裝。毛線衫、圍巾、連身皮衣、襯毛的皮靴。惺忪的身軀站不太起來。有人對著他喊：「好啦！動作快……」兩隻手上滿滿的都是手錶、高度計、地圖夾，厚重手套裡的手指頭早已凍得僵硬。他沉重地站起身，笨拙地鑽進駕駛艙。活像離開水面的潛水員。不過，只要一就定位，一切就都變得輕盈靈活起來。

一名技工爬到他身邊：

「六百三十公斤。」

「好的。乘客呢？」

「三位。」

他看都沒看他們，逕自依言記錄。

跑道指揮官轉身面向工作人員：「這個機艙罩是誰負責

拴緊的？」

「是我。」

「罰二十法郎。」

跑道指揮官在做最後的確認，所有事情一絲不苟；就像芭蕾舞蹈，每一個動作都要標準到位。這架飛機在機棚的停放位置正確無誤，就像五分鐘後，它在天空中的位置一樣。這趟飛行經過精準的計算，其精準程度不輸船舶下水。這些五百燭光的燈泡，這些犀利的目光，這些嚴格的查核，在在都是為了讓這趟遠赴布宜諾斯艾利斯，或智利聖地牙哥的飛行，與航程中一路的停靠升降，不至淪為純靠運氣的豪賭壯舉，而是彈道科學的實際應用。能無懼風暴、雺霧、龍捲風；無畏數以千計的閥門彈簧、氧氣搖臂、材料等琳瑯滿目的操作陷阱，好趕上、超越、擊敗特快車、快車、貨輪和蒸

7 Natal：南非東部濱海省分，種族隔離政策廢除後，改名為夸祖魯納塔爾（KwaZulu-Natal）。

汽機！在破紀錄的時間內抵達布宜諾斯艾利斯，或智利的聖地牙哥。

「出發。」

有人遞了一張紙過來，給飛行員貝尼斯：戰鬥計畫。

貝尼斯唸道：「佩皮尼昂[8]天氣預報晴，無風。巴塞隆納：暴風雨。亞利坎提……」

土魯斯。五點四十五分。

機輪強輾下方墊木。後方二十公尺內的草，不敵螺旋槳勁風的吹襲，倒成一片綠浪。貝尼斯只要手腕一個動作，就能掀起風暴，或收攏風暴。

現在，噪音逐漸膨脹，一陣接著一陣，直到成為濃厚、近似固體的狀態，將人體囚禁其中。當飛行員感到身上灌飽了某些在此之前尚未獲得滿足的東西之後，他想：「行了。」然後他看了前方飛機引擎上的黑色金屬罩頂著天空，逆著光，像枚榴砲彈。螺旋槳後，黎明的大地在震動。

風直直地吹，他一邊慢慢滑行，一邊將節流閥控制桿往自己的方向拉。飛機在螺旋槳的帶動下往前衝。最初的幾個彈跳，在充滿彈性的空氣中並不顯得特別劇烈，終於，地面逐漸開展，恍如一條輸送帶，在機輪底下閃耀光芒。此時因為氣壓緩緩上升，原本鬆散的空氣漸漸凝聚成一股堅實的力量，於是他趁勢將機身拉起，乘風扶搖直上。

跑道兩旁的樹後退著露出天際線，然後消失不見。高度兩百公尺，彷彿在俯瞰一座孩子們的田園玩具組裡面擺放著直挺挺的樹，五彩的房子，森林枝葉茂密。有人煙的地方……

貝尼斯調整椅背與手肘擺放的位置，尋找一個適當的角度，可以讓他身體澈底放鬆的最好位置。他的身後，土魯斯上空的低矮雲層之中，隱約可見航空站的幽暗大廳。現在，

8 Perpignan：法國南部城市，鄰近西班牙。

穩定持續上升，比較不需要跟飛機奮戰了，他稍微鬆開緊握的手。手腕一動，立即釋出一股推升氣流，宛如電波般竄流他的全身。

五小時後將可飛抵亞利坎提，日落後可抵達非洲。貝尼斯的思緒飄移。他非常平靜：「我都打理好了。」昨天，他搭了晚班特快車離開巴黎，結束了一個奇異的假期。印象好模糊，彷彿歷經一場不明究理的騷動。將來他會感覺到痛苦的，不過，現下，他把一切都拋到了腦後，好像任何後續都與他無關了。此刻，他彷彿跟著東升的旭日微光一起誕生，要來幫助這個清晨建構新的一天。他心裡想：「我只不過是個運送非洲郵務的勞工。但，每一天，正因為有這些勞工對世界的建設，這世界才得以展開。」

「我都打理好了……」待在公寓的最後一晚。疊好的報紙堆在一落落的書旁。信件燒的燒，該整理的也都整理了，家具也蓋上了布套。每樣東西都找出來，安置歸位，然後把這些全都拉出他的人生。於是，內心的騷動已不再具有意義。

他在為隔日做準備，像要出遠門一樣的準備著。第二日，啟程，就像是要飛往美洲一樣。過去竟有那麼多未完成的事，牢牢地鍊住他。突然間，他自由了。貝尼斯發現自己如此地無事一身輕，如此地了無牽掛，不由得有些害怕起來。

卡爾卡松（Carcassonne），緊急降落點，在他底下飄移。這世界竟打理得同樣井井有條。三千公尺上，像整理好放在盒子裡的田園玩具組。房子、運河、街道、人類的玩具。切割整齊的世界，劃分方正的大地，裡面的每一塊田野都緊鄰，片圍籬，公園挨著牆面。卡爾卡松鎮上，每一間縫紉用品店的女人，都在重複祖母的人生。裝箱的微小幸福。井然有序地擺在櫥窗裡的人類玩具。

櫥窗裡的世界，完全被看透，一覽無遺，捲起的地圖上，城市依序排列，緩慢推移的大地如潮水般規律地，推送到他的面前。

他想到自己孤身一人。陽光落在高度計的刻痕上，反射出耀眼冰冷的陽光。踏下腳底的平衡操縱板，整個景色變了。這光芒恍若冷硬礦石，讓一切顯得愈發清冷。讓生命體變得柔和、芬芳、脆弱的東西都已被消滅殆盡。

然而，貝尼斯，在這身皮衣之下，是溫熱的身軀，卻也是如此脆弱。厚重手套包覆下的這雙手，清楚地知道如何用手背輕撫你的臉，珍妮薇……

西班牙到了。

3.

今天，雅克·貝尼斯，你飛越西班牙上空，宛如走在自家產業上一樣的安然自若。熟悉的景象，一個接一個，逐一鋪陳。你老神在在地動動手肘，走進暴風圈。巴塞隆納、瓦倫西亞（Valence）、直布羅陀（Gibraltar）一一被推到你的眼前，轉眼又被帶走。很好。你攤開捲著的地圖，用完的在後頭堆成一堆。我記得在你剛入行的時候，在你第一次飛行的前夕，給你的最後叮囑。破曉時分，你將以飛機的雙翅，懷抱著人們思之再三後下筆的心底話。你將帶著它們穿越萬千峽谷，將它們視之如珍寶般的保護著。這些珍貴的郵件，對某些人來說，比生命還寶貴，而它們卻是那般的脆弱。一個不小心，將全部付之一炬，隨風消散。我還記得出發前的那一晚：「所以要怎樣？」

「所以你要想辦法飛到佩尼伊斯科拉海岸[9]。小心那些漁船。」

「然後呢？」

「然後，到瓦倫西亞之前，一路上都有可以迫降的平地。我用紅筆幫你圈出來了。萬一真的找不到更好的地方降落，乾涸的河床將就著也行。」

綠色燈罩掩映的燈光下，攤開的地圖前，貝尼斯恍如再度回到中學的學校。只是地圖上的每一個點，從他今天這位老師的口裡，卻透著活生生的祕密。未知的國度不再只是單純的死數字，而是真實的原野，上面還開滿了花。就是要小心那樹，還有小心真實的沙灘跟它們的沙子。到了那裡，入暮時分，一定要避開漁船。

雅克．貝尼斯，其實你已經知道，你永遠看不到格拉納達[10]，看不見阿爾梅里亞[11]，也見不著阿爾罕布拉宮或清真寺，只有一條河、一顆柳橙樹，和它們最謙卑的告解。

「所以聽好了：如果這裡天氣晴朗的話，你就繼續往前飛。假設天氣不好，假設你必須低飛的話，你就往左偏，進入這片山谷。」

「進入這片山谷。」

「穿過山谷之後，你就能看到大海了。」

「穿過山谷，就能看到大海。」

「你要注意引擎，小心嶙峋突出的峭壁跟岩石。」

「萬一我撞上了呢？」

「自己想辦法。」

貝尼斯笑了。年輕的飛行員總是充滿浪漫懷想。一塊岩石逼近，無異投石器彈射出的石塊，頓時會要了他的命。一

9 Peniscola：西班牙瓦倫西亞省的臨海市鎮。

10 Grenade：西班牙南部安達魯西亞自治區大城，歷史悠久，猶太人、摩爾人與基督徒均統治過該地，是融合了三教古蹟的文化旅遊勝地，其中摩爾人建的阿爾罕布拉宮已被列為世界遺產。

11 Almeria：西班牙南部安達魯西亞自治區城市。

個孩子在奔跑，但前方一隻手伸過來攔下他，孩子倒地……

「當然不會，老友，不會啦！總會有辦法脫困的。」

貝尼斯對這段講解教學非常滿意。他小時候，讀過《艾尼亞斯紀》[12]，卻沒有從那裡頭獲得任何一個足以讓他保命的訣竅。講師的手指在西班牙地圖上面比劃，那不是巫師的手指，不能指出寶藏的地點，也點不出陷阱之所在，更觸及不到那片草原上的牧羊女。

今天，這盞燈的燈光真柔和，油蜜般的光芒流瀉一室。油蜜光芒讓海面顯得如是平靜。外頭颳著風。這房間就是世間的一座小島，水手的旅店。

「來點波特酒嗎？」

「當然好……」

飛行員的寢室，風雨飄搖的旅店，你得經常強打起精神。公司前一天傍晚通知我們：「某某飛行員將調派到塞內加爾……派至美洲……」當天晚上，我們就得清除一切羈絆，闔上行李箱，將自己從房間裡騰空，收起照片、收拾書本，留下一間空房間，像鬼魅般全無一絲痕跡。有時候，還得要在那樣的當天夜裡，掙脫環繞的雙臂，耗盡小女孩全身的力氣，因為沒辦法跟她好好說，女人全都執拗到不行，只好讓她們精疲力盡，然後，凌晨三點，輕輕地放下沉沉入睡的她，而她只得認了。她不是認了你的離開，而是認了自己的憂傷，這時他對自己說，她接受了，其實她哭了。

追著世界跑了這麼久，你學到了什麼，雅克・貝尼斯？關於飛機的知識？我們緩慢前行，像在一塊堅硬的水晶石上挖洞。城市逐一替代變換，要降落地面才能在腦中形塑出具體的畫面。現在，你知道了，這些珍寶被送上前來，旋即消失無蹤，時間就像海水，抹滅了它們。你起頭的幾段航程結束後，返鄉的你，你覺得你變成什麼樣的人了？為什麼會有

12 L'Eneide：古羅馬詩人維吉爾創作的史詩，講述艾尼亞斯在特洛伊城陷落之後，輾轉逃到義大利，最後成為羅馬人祖先的故事。

這股想要跟一個乖巧孩童幽魂對質的渴望？你第一次獲准休假時，你拉著我回到中學學校；我在撒哈拉沙漠，等著你過來時，貝尼斯，我心酸地想起我們造訪童年的那次遊歷。

松林裡，一幢白色別墅，一扇窗的燈亮了，其他的窗子也跟著亮了。你對我說：「這裡是我們寫下第一部詩篇的書房……」

我們從遠方歸來時，我們厚重的外套是我們與世界之間的軟墊，而我們旅行者的靈魂在我們的心底守護我們。我們走進陌生的城市時，圍巾覆蓋下巴，手套包覆雙手，一身裝備防護。人群川流，與我們擦身而過，卻不知我們的存在。至於那些我們已經征服馴化的城市，像是卡薩布蘭加、達卡，我們特意為他們保留了白色的法蘭絨長褲，網球運動衫。在丹吉爾[13]，我們上街不用戴帽子，因為在這座沉睡的小城裡，我們不需要全副盔甲。

我們回來時，身體結實，一身男子漢的肌肉。我們戰鬥過，受過磨難，踏遍了無垠的大地，也愛過幾個女人，還跟死神玩過幾次拋錢幣猜正反面的遊戲，只是單純地為了擺脫那份糾纏了我們整個年少時期，曾經被罰寫、留校查看這些懲罰的恐懼。

屋子入口一陣窸窣低語，然後是一陣呼喚，再來是年長者那邊一陣騷動。他們沐浴在金黃色的燈火之中，羊皮紙般的臉頰上，雙眼是如此的晶亮，滿是欣喜。接著，我們便明白，他們早就洞悉我們的另一個樣貌：畢業的學生慣常踩著報復般的果決步伐回到這裡。

不論是我結實的拳頭，或是雅克．貝尼斯狠厲的目光，都沒能讓他們驚惶失措，因為他們已經砍掉中間的過渡期，直接把我們當成男人對待了。他們跑著去搜出了一支陳年薩默斯葡萄酒，他們從來沒有對我們透露過這支酒的存在。

13 Tanger：摩洛哥北部濱海城市，位於直布羅陀海峽，地中海與大西洋的交界。

我們端坐著等吃晚飯。他們圍著燈罩聚攏，像是圍著營火的農夫，於是我們知道他們變弱了。

他們變弱，因為他們變寬容了。以前在他們口中，說是會帶我們走向罪惡、走向悲慘深淵的舊時怠惰行徑，如今都變成了只是小孩子的貪玩，他們還拿來說笑呢。而我們的自負，過去他們不遺餘力地想扳除的那份驕傲自負，今天晚上在他們嘴裡卻盡是恭維，說那是崇高的精神。哲學老師甚至對我們說了心裡話。

或許笛卡兒的思想體系，是建立在一些微不足道的原則上。帕斯卡[14]……帕斯卡很殘酷。他嘛，花費了那麼多的心力，卻在生命結束時，還是無法解開有關人類自由的亙古命題。他曾那麼大力抨擊決定論主張，抨擊泰納[15]。他認為對剛走出中學的孩子來說，人生中最殘忍的敵人，就是尼采。但如今卻愧疚地向我們坦承自己的喜愛。尼采……尼采這個人讓他感到無所適從。而真實的景況……他搞不清了，他很是憂慮……所以他開口問我們。我們踏出了這棟溫暖房子，走進了人生的風暴圈中，換我們來告訴他們這塊土地上的真實天氣。男人愛上了女人，那男人果真會成為那女人的囚犯，好比皮洛士[16]，或是成為女人的屠夫，像是尼祿（Neron）那樣。是否非洲，它的孤寂和它湛藍的天空，真如地理老師所教的那樣。（還有那些鴕鳥，真的以為閉上眼睛，就沒有危險了？）雅克·貝尼斯委婉避答，因為他擁有的偉大祕密，那些老師休想將它們從他身上偷走。

他們想從他那裡得知，飛行行動時的狂熱陶醉、引擎的轟鳴，想要明瞭我們已經不像他們那樣，甘於在向晚時分修剪薔薇花叢，甘於這樣的幸福。於是輪到他來解說盧克莉

14 Blaise Pascal，一六二三～一六六二，法國哲學家、數學家。
15 Hypolyte Taine，一八二八～一八九三，法國實證史學家。
16 Pyrrhus：約莫西元前三一九～二七二，古希臘聯盟統帥，在對抗古羅馬帝國的入侵時雖然獲致勝利，但也付出了慘痛的代價。

霞[17]，或《傳道書》[18]，然後給予建議了。貝尼斯教導他們，若來得及的話，萬一飛機故障迫降沙漠，要保命一定要帶什麼食物和多少水。貝尼斯匆匆地給出最後忠告：飛行員能從摩爾人手中逃脫的祕訣，讓飛行員免受火噬的緊急反射動作。就這樣，只見他們個個點頭如搗蒜，雖然臉上仍有憂色，但已經感覺安心許多，同時為自己能夠為這世界注入這些新的生力軍而感到驕傲。他們一直歌頌的那些英雄，今天終於實實在在地用手摸到了，終於親眼見到了，他們死而無憾了。他們說的是凱撒大帝，孩子。

不過，為了不讓他們感嘆失落，我們跟他們說了行動失敗後，休息的那段時間，心情的沮喪與苦澀。看著年紀最長的那位陷入遐想，我們感到一陣心痛，唯一的事實真相或許就是書裡面的寧靜。不過，老師們早就知道了。他們經歷過殘酷，畢竟他們教授的是人類的歷史。

「你們怎麼想到要回來呢？」貝尼斯沒有回答，但這些上了年紀的老師深知人的心理，他們眨著眼睛，想到了愛情……

17 Lucrèce：是一位古羅馬貴婦，根據羅馬史學家李維的記載，她被強姦後自殺，此事件是羅馬從王國過渡到共和制的導火線。

18 Ecclésiaste：舊約聖經詩歌智慧書的第四卷，經文約莫成書於西元前一〇〇〇年，作者自稱：在耶路撒冷稱王，是大衛的兒子，想必就是所羅門了。書裡探討了生命的意義，與最佳的生活方式。

4.

從高處往下看，大地顯得光禿貧瘠；飛機高度下降：大地才穿上衣衫。樹木再次成為它的緩衝軟墊，河谷、山丘在它身上刷出一道道長條起伏：那是大地在呼吸。他正飛過一座山，是臥息的巨人吸氣隆起的胸脯，幾乎就要碰到他了。

如今已接近地面，萬物的流動，就像橋下的激流，變快了。原本凝聚在一起的那個世界崩解了。樹、房子、村落分聚光滑的地平線，轉瞬被拋到他身後，漂流各方。

亞利坎提的地面上升，搖晃，定位，機輪輕點地面，觸地時宛如擦過軋鋼機，尖銳嘎吱作響……

貝尼斯走出機艙，雙腳沉重。他閉上雙眼，那一秒鐘；腦袋裡滿滿的引擎聲，與鮮明的畫面，機身的震動在四肢流竄。然後，他走進辦公室，慢慢地坐下，用手肘推開墨水瓶、幾本書，然後拿起六一二航班的航程日誌。

土魯斯—亞利坎提：航行時間五小時十五分。

他停下動作，任憑滾滾倦意與思潮席捲全身。一陣模糊的聲音傳來。某位婦女在什麼地方叫嚷著。福特汽車的駕駛打開門，先道了歉，臉上露出微笑。貝尼斯神情凝重地望著這裡的牆面、那扇門和那位真人大小尺寸的男人。他被扯進一段他完全狀況外的談話裡，看著大家停止揮舞雙手，看著大家又開始揮舞雙手，長達十分鐘。這畫面太不真實了。門前種著一棵樹，它在那裡已經三十年了。三十年來，它是這幅畫面裡真確的標地物。

引擎：沒有異狀。

飛機：微往右偏。

他放下手中的墨水筆，心裡只有一個簡單的念頭：「我好睏。」緊緊箍著他兩邊太陽穴的夢境再度襲來。

琥珀色的陽光灑上亮晃晃的景物。阡陌分明的田地和草原。右邊擺個小村子，左邊是一群迷你版的牲畜，藍色蒼穹為蓋。「一個家，」貝尼斯心想。他記得有那麼一瞬間，明顯地感受到這片風景、這片天空、這片大地的構圖跟房子的格局一模一樣。熟悉的家，整齊乾淨。每一樣東西都是那麼筆直地挺立。沒有任何風險，在這幅凝聚完整的畫面裡，找不到一絲裂縫：他就像走進了這片景物之中。

就這樣，客廳窗邊的老太太們彷彿一直都在那裡。草坪清新，園丁緩緩地澆著花。她們的目光一直黏在園丁那令人安心的後背上。一股地板蠟的味道從光可鑑人的地板冒上來，這味道讓她們感到很滿意。屋內井然有序而且溫暖，白晝飄然而去，順帶拖走了風、太陽和陣雨，行走間僅打壞了幾朵玫瑰。

「時間到了。再見。」貝尼斯再度踏上旅途。

貝尼斯鑽進暴風圈。風雨如拆除工人的鏟子，一鏟一鏟地插進機身：這種風暴，我們見多了，沒事的。貝尼斯腦中只剩最基本的運轉能力，引導他做出反應；脫離這片山區，這塊遭下沉風暴籠罩，暴雨沖刷的馬戲表演棚，雨勢大到白天彷彿變成了黑夜。他跳出這面雨牆，終於回到海面上。

突然一陣重擊！有東西斷裂了？飛機重心突然往左偏移。貝尼斯先是用一隻手想穩住機身，然後兩隻手，最後用上了全身的力量。「可惡！」飛機直直往下墜。貝尼斯要完蛋了。他心想，下一秒鐘，他就要被拋出去地球了，永遠地。平原、森林、村落都在旋轉。恍如煙霧，螺旋般捲捲煙霧，煙霧！天邊四處都是上下翻轉的田園玩具組組件……

「啊！嚇死我了……」腳跟一踹，鬆開了一根電纜。原來是操縱桿卡住了。「怎麼了？有人搞破壞？沒事，一點事都沒有。」踹一腳，這個世界又重新翻正了。真是驚險！

驚險？此刻他只感受到嘴唇的顫抖和因恐懼流下的淚水。啊！驚魂一瞥的混亂瞬間！所有的一切，原來那些看起來像是玩具的道路、運河、房子，不過是蒙蔽人的障眼法。它們不是虛像，而是真真實實的存在。

他感覺到自己受夠了。一切都結束了。這裡，天氣晴朗。一如氣象預報。「捲雲佔據四分之一的天空。」氣象預報？等壓線？波里森教授的「雲系」論？民俗節慶的天空。沒錯，這是七月十四日國慶該有的天空。應該這麼說：「今天是馬拉加[19]歡慶的節日！」每一位居民頭上都擁有一萬公尺的晴朗高空，一直延伸到這片捲雲帶。湛藍的天空，就好像一個美麗的水族缸，但卻沒有一個水族館是這般的明亮、這般的遼闊。宛如舉行船賽的傍晚海灣：湛藍天空，蔚藍海面，還有著擁有一雙澄藍眼睛，脖子繫著藍領巾的船長。燦爛的假日。

結束了。三萬封信件已送出。

公司不忘訓話：珍貴的郵件，比生命還珍貴。是啊。可以讓三萬名戀人活下去……情人們，請多點耐心吧！踏著夜的燈火，我們將盡快送到你們手上。貝尼斯身後，厚厚的雲層被狂風被捲入大酒槽釀製。他的面前是一片沐浴陽光的大地、明亮的草原如一匹錦織，樹林似捲捲羊毛，海水若一襲深色面紗。

直布羅陀的上空，漆黑一片。此時一個左轉，朝丹吉爾方向繼續飛，貝尼斯就此脫離歐洲大陸，歐陸恍如巨大浮冰，漂移離去……

再飛越幾座棕黑土壤滋養的城市，就是非洲大陸了。又經過幾座烏黑泥地滋養的城市之後，撒哈拉沙漠便映入眼

19 Malaga：西班牙南部濱地中海城市。

簾。貝尼斯今晚將可觀賞到一場大地的卸妝褪衣秀。

貝尼斯心力交瘁。兩個月前，他去了巴黎，決心搶回珍妮薇。昨天，他回公司，似乎已經收拾好挫敗的心緒。這些一一離去的平原、城市、燈火，其實是他扔下的。是他把自己扒光的。再過一個小時，丹吉爾的燈塔即將點亮。雅克・貝尼斯，在抵達丹吉爾之前，陷入了回憶。

PART 2

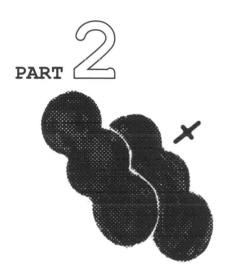

1.

容我回到從前，說說過去這兩個月發生的事，不然還有什麼可說的呢？等到我眼下要講的事情對相關人士心湖所造成的小小漣漪，所掀起的同心圓漸漸隱沒不見，單純地變回像湖面覆蓋下的湖水那般時；等到揪心的情感慢慢沉澱，變得不那麼揪心，然後變回原先該有的那般溫暖時，我對這個世界應該能再次產生信心吧。我難道不是已經能遊走在貝尼斯與珍妮薇的悲傷往事中，而且心中幾乎已不再感到一絲遺憾了嗎？

兩個月前，他北上去了趟巴黎，但因為太久沒見，我們失去了他的蹤跡：城市擁擠。他已經不再是那個外套飄著樟腦味的雅克．貝尼斯。他移動僵硬麻木的身軀，很是笨拙，一開口便問他的旅行箱，箱子過分整齊地擺在房間的一隅，透露著不安定、漂泊的味道；這房間尚未被白色的內衣褲、尚未被書本佔據。

「喂……是你嗎？」他進行友誼大盤點。

我們喜悅歡呼，恭賀他道：「遊魂回來啦！太棒了！」

「是啊！什麼時候見個面？」

「恰巧我們今天都沒空。明天呢？明天我們要打高爾夫球，一起來嘛。不想去？那麼後天吧。晚餐。八點整。」

他步履沉重地踏進舞池，隱身四周的牛郎之中，身上大衣一直沒脫下，就像探險員外套不離身。他們整晚都泡在這個地方，宛如活在水族箱裡的鉤魚，在這裡跟女人調笑，跳舞，買醉。在這塊朦朧迷幻之境，貝尼斯是唯一一個頭腦清醒的人，他感覺自己像個搬運工，身負重物，身上的重量沉得幾乎壓扁了他的雙腳。他的思緒沒有一絲模糊。他繞過一些桌子往前行，找到一個空位。接觸到他雙眼的女人，眼光閃躲，眼神彷彿失去了光采。年輕男子則輕巧地閃開，讓他通過。就這樣，這個夜晚，哨兵們手上的香菸，隨著這位巡邏長官的前進，一一從指尖掉落。

這個世界，每當我們回到地面重新見到它，就像布列塔尼的水手重回到風景明信片上的故鄉，和誓言等他們回來的未婚妻身邊一樣，幾乎不見它變老。永遠是那個樣子，像是童書裡的版畫。看到所有事物是如此完好地待在自己的位置上，命運是如此妥善地安排了一切，我們只怕有什麼幽暗未知的事情會出現。貝尼斯詢問一位朋友的近況：「是啊。還不是一樣。他的事業發展得不太順利。你知道的……人生嘛。」人人都是自己的囚犯，受制於一股未知的牽絆力量，不像他，是個逃犯，是個可憐的孩子，是個魔法師。

朋友的臉，經歷了兩個冬夏，微微多了點風霜，稍稍瘦削了些。酒吧角落的那名女子，他認得她。她整晚堆著笑臉服務客人，臉上也出現了些微倦意。調酒師還是同一個。他怕被認出來，怕聽見人喊他的聲音，怕那聲叫喊會把埋在他心底的那個已死的貝尼斯叫出來，那個沒有翅膀、逃不掉的貝尼斯。

回家的路上，慢慢地，他的四周築起了一片風景，宛如牢籠。撒哈拉沙漠的沙、西班牙的岩石，將像舞台上的佈景，慢慢地，從即將現身的真實景色中褪去。終於，跨越了邊界，佩皮尼昂的平原盡入眼簾。這片平原上，太陽賴著不走，陽光傾斜流淌，延伸，隨著每一分鐘的流逝逐漸黯淡，這些金黃衣衫，這裡、那裡、四散草叢之上，隨著每一分鐘的流逝而逐漸虛垮，變得透明，它們不是熄滅了，而是昇華了。此時這片檸檬綠的大地，在藍藍的大氣底下顯得陰深而柔和。靜謐的背景。引擎轉速放慢，往靜謐的大海深處俯衝，那裡的一切就像一堵牆一樣的清楚明白，堅硬持久。

開車從機場到火車站的那段路程。他所見到的每一張臉孔，封閉、冷肅。平擺在膝蓋上的雙手，捧著的是已經注定好的命運，如此之沉。這些從田裡回來，與他擦身而過的農人。站在家門前的那個女孩，在上萬名男子中搜尋一個男人的蹤影，她已經放棄了上萬次的希望。那個母親，輕搖著寶貝孩子入睡，她已經是籠中之鳥，再也飛不出去。

貝尼斯直接把事情鎖在心底，選擇了一條最私密的路徑回到家鄉。飛行員，雙手插在口袋裡，沒有行李。想在這世間最靜止不動的地方，拉倒一面牆，加長一畝田，都得要花上二十年的時間打官司。

在非洲，那個宛如海面，隨時都有動靜，始終在變化的環境下待了兩年，不過，這些動靜一一摘除之後，也只剩下那古老的貧瘠景色，僅有的永恆的景色，他從那裡走出來，他站在真實的土地上，像個悲傷的大天使。

「果然一點都沒變……」

他好怕發現有什麼不一樣了，但是現在竟又因為一切如此熟悉而感到心痛。他不期待遇見任何熟人、朋友，那些只會帶來淡淡的煩惱。在遠方，我們能遙想。那些溫情，決定離開時，我們已將之拋在身後，雖然痛苦椎心，心裡卻隱約有一種寶藏深埋地底的奇異感覺。一次次地逃走，有些時候，也是他吝於去愛的證明。撒哈拉沙漠繁星閃爍的某個夜晚，他陷入了這些遙想的溫情之中，這些溫情像種子般，熱熱的，被包裹在黑夜裡、時間裡，他突然有一種感覺：離得遠一些，才能看見，才能入睡。倚著故障的飛機，面對著這彎黃沙弧線，這條節節後退的天際線，他小心地呵護著自己的愛情，像個牧羊人……

「這些就是我找到的！」

一天，貝尼斯寫了一封信給我：

……我沒有告訴你我回來了：當情感順應了我的要求時，我自以為是萬物的主宰。然而我什麼都沒能撼動。我的感覺如同那位遲了一分鐘抵達耶路撒冷的朝聖者一樣。他的渴望，他的信仰在那瞬間死去了：眼前所見只看到石頭。這裡，這座城：是一道牆。我想再次啟航。你還記得第一次出航的時候嗎？我們一起飛的。莫夕亞[20]、格拉納達宛如小擺件，在櫥窗裡酣眠，深深地沉浸過去之中，因為我們沒有降落地面。被流逝的數百年歲月推著擺在那裡。唯一存在的只有隆隆引擎聲，在這片濃厚的聲響後頭，地面景物如影片般無聲推進播放。還有那股冷冽寒意，因我們飛得很高：這些城市猶如被冰封住。你還記得嗎？

我還留著你給我的那幾張紙：

「留意奇怪的喀哩脆響……假如聲量持續加大，先不要飛越海峽。」

兩小時後，到直布羅陀：「等塔里法[21]指示後再飛——

比較好。」

「在丹吉爾不要停留太久，土壤不結實。」

簡單明瞭。有了這些字句，我們彷彿到得了全世界。我從這些簡短指示建構出的強力策略中得到啟發。丹吉爾，這個鳥不生蛋的小城，是我征服的第一個地方。那是，你瞧，是我第一次洗劫的成果。沒錯。先是從垂直高空，只是，相隔如此的遙遠。然後，隨著高度下降，草原、花朵、房子慢慢綻放。我將昏睡的城市帶回白晝，它變得生氣盎然。突然，出現了這個美好的大發現：離地面五百公尺處，那個勤勞的阿拉伯人，我將他慢慢地朝我拉近，我按著自己的比例尺，變化一個男人的大小，他確確實實成了我的戰利品，或要說是我的創作、抑或是我的遊戲成果也可以。我俘虜了一名人質，非洲已臣服於我的腳下。

20 Murcie：西班牙東南部城市。
21 Tarifa：西班牙最南端的城市。

兩分鐘後，我站在草原之上，年輕的我，像是位在某個生命正待重新開始的星星之上。置身這個嶄新的環境裡。我感覺自己在這塊土地之中，在這片天空之中，像棵青春正盛的樹。帶著這份美好的飢渴，我從旅途中茁壯拔高。我拉長步幅，步履輕盈，揮去飛行的疲勞，笑著與我的影子相聚。降落了。

那年春天！你記得土魯斯灰濛濛的雨後緊接而來的那個春天嗎？空氣如此清新，在萬物間川流。每個女人都隱藏著一個祕密：一種口音、一個手勢或一陣沉默。每一個都引人遐思。再者，你知道我的，我總想著再出發，急著去更遠的地方尋覓那些我感應到的，而我尚不明白的東西，因為我是那個撼動榛子樹的巫師，浪跡天涯，不找到寶藏誓不罷休。

但是，請告訴我，我在尋找什麼，還有為什麼當我靠著窗子，凝視這座我朋友的、我渴望的、我記憶中的城市時，我竟然感到好絕望？為什麼，生平頭一遭，我找不到源頭，

而且感覺自己距離寶藏好遙遠？他們給我許下的隱晦承諾，
幽冥天神拒絕兌現的隱晦承諾，到底是什麼？

我找到源頭了。你記得嗎？是珍妮薇……

讀著貝尼斯留下的這些字句，我閉上雙眼，珍妮薇，我看見了你小女孩時的模樣。你十五歲，我們十三。在我們的記憶中，你怎麼可能會變老？你將一直是那個纖弱的孩子，當我們聽到有人說起你時，腦中浮現的是她，那個出現在我們人生中的偶然，驚喜。

在教堂祭壇前其他人的簇擁之下，你嫁為人婦，然而，遠在非洲深處的我和貝尼斯心裡，你仍是我們私訂終生的那個女孩。那時候的你，十五歲的孩子，是最年輕的母親。那個年紀的我們還在剝樹皮，讓樹幹露出軟軟的白樹心時，你需要卻是一個真正的搖籃，那是你神聖的玩具。當你身邊的人，那些不懂奇幻魔法的人，將你送進了女人的簡單日常時，你的存在對我們來說，仍舊像是充滿魔法的童話故事，只是你穿越了魔法大門走進塵世，宛如走進化妝舞會，孩子們的舞會，扮成妻子、母親、仙女……

因爲你就是仙女。我記得。你住在一棟有著厚實牆壁的老房子裡。我彷彿又看見你肘倚窗欄，上半身驚險懸空，仰望明月。月亮緩步上升。地面開始出現聲響，蟬翼震動聲聲刺耳，青蛙鼓腹呱呱鳴鼓，牛鈴叮噹緩步返家。月亮緩步上升。偶爾村裡喪鐘敲起，給蟋蟀、麥田、知了，帶來不明究理的死亡陰影。而你，身子往前探，只是為了飛蛾和蝴蝶擔心，因為沒有任何東西比希望遭遇到更大的威脅。然而，月亮緩步上升。此時，貓兒叫春，叫聲此起彼落，尖銳呼喊掩蓋了喪鐘嗡鳴。野狗蜂擁圍上前，衝著月亮狂吠。而每一棵樹，每一株草，每一根蘆葦都抖擻著精神。而月亮緩步上升。

於是，你握著我們的手，叫我們凝神去聽，因為那些是大地的聲息，這些聲息的出現就是大地一切安好的證明。

這間房子為你擋風遮雨，把你保護得如此之好，把你包裹在大地生氣盎然的袍子之中。你和椴樹、橡樹還有那群牛羊簽下了如此多的默契約定，我們任命你為他們的公主。當日暮向西，眾人忙著收拾好大地，準備度過黑夜之時，你的臉孔跟著時間刻度逐漸放鬆平靜。「牧人把牛羊趕回家了。」你從遠方畜欄的燈火裡，讀到了這樣的訊息。一聲悶重的聲響：「畜欄門關上了。」全都井然到位了。最後，晚上七點鐘的那班快車呼嘯而過，越過鄉野，疾馳而去，順道將你的世界中那些令人憂心的、靜止不動的、忐忑不安的東西一掃而光，像是貼著臥鋪車廂窗戶上的一張臉。這是在一間過於寬闊，燈光黯淡的餐室內舉行的晚宴，這時你變成了夜之后，因為我們就像間諜似的，眼睛沒有一刻不黏在你的身上。你安靜地坐在一群長老之中，這些細木鑲板家具的中央，身子微微往前，唯有髮絲落在採光窗照映的金黃區塊中，閃耀著金光，宛如君臨天下。在我們眼中，你彷彿就是永恆，與萬物如此心意相通，對萬物、對你的想法、你的未來是如此的深具信心。宛如君臨天下……

但是，我們很想知道，我們是否有可能讓你感到心傷，是否有可能將你緊緊抱入懷中，用力到幾乎讓你窒息，因為我們感覺你的心底有著凡人的一面，我們很想讓那一面重見天日。我們想把一絲愛意，一點苦惱帶到你的眼前。然後貝尼斯抱住了你，你的臉紅了。然後貝尼斯抱得更用力了，你的眼睛開始閃耀淚光，但嘴唇弧線依舊好看，不像有些老太太，一哭嘴巴變得好醜，然後貝尼斯對我說，那些眼淚是因為心中瞬間滿溢了，所以湧出，那些淚珠比鑽石更珍貴，喝下它將獲得永生。他還跟我說，你住在你的身體裡面，就像深居水底的仙女，但他會施展千百種魔法，將你帶出水面，其中最有效的就是讓你流淚。我們就這樣，偷走了你的愛。但是，我們一鬆開手，你便又展開笑顏，你的笑讓我們感到困惑。就像一隻鳥，抓得不夠緊，就飛走了。

「珍妮薇，唸詩給我們聽。」

你書讀得不多，但我們認為你已經什麼都知道了。我們從來沒見過什麼東西能讓你感到驚訝。

「唸詩給我們聽……」

你唸了，而那對我們來說，是在教我們有關這個世界，有關人生的道理，這不是來自詩文，而是來自你的智慧。情人的苦惱，還有女王的淚水，變成了偉大寧靜的啟示。我們能在你聲音裡，無盡安詳的，因愛而死……

「珍妮薇，真的有人會因愛而死嗎？」

你停止唸詩，鄭重地思索。你大概在向蕨類植物、蟋蟀、蜜蜂請教吧，然後你回答：「會的。」蜜蜂的確是為愛獻出了生命啊！這是必然而且安詳的過程。

「珍妮薇，什麼是情人？」

我們想看你兩頰飛紅的模樣。你沒有臉紅。隱約不似先前輕佻，你凝視面前蕩漾著月光的水塘。我們認為所謂情人，對你來說，就是這月光。

「珍妮薇，你有情人嗎？」

這次，你臉紅了！「沒有啦。」你大方地笑了。你搖著頭。在你的王國裡，某個季節會帶來花朵，秋天會結果實，某個季節會帶來愛情，人生就這麼簡單。

「珍妮薇，你知道我們以後要做什麼嗎？」我們想贏得你的驚呼讚嘆，所以我們都叫你：弱女子。「弱女子，我們將成為征服者。」我們向你解說人生。征服者會滿載榮耀，載譽歸來，到時候喜歡的女人就能變成自己的情婦。

「到時候，我們就會是你的情人了。女奴，現在唸詩給我們聽……」

但你不唸了。你推開書。突然間，你覺得自己的人生已然定型，就像一棵小樹，覺得自己在向上成長，然後孕育種子帶到這世上。只要盡到天職就好，別無其他。我們是寓言故事裡的征服者，但是你，你只能仰仗你的蕨類植物、你的蜜蜂、你的山羊、你的星星，聽著你的青蛙鳴鼓，你的信心全部來自這個向上成長的人生，而你的四周沉浸在深夜般的靜謐中，而你這個人，從頭到腳都是為了這個說不上來，但非常明確的命運而存在。

月亮已經升得老高，該是睡覺的時候了，你關上窗戶，月光閃耀玻璃窗外。我們對你說，你把天空關上了，就像你關上窗戶一樣，連帶著把月亮，還有把星星都關起來了，因為我們使出渾身解術，利用各種象徵，設下各種陷阱，一心只想著把你拖進事物的表象之下，到那海的深處，我們的焦慮呼喊著我們的地方。

……我找出源頭了。只有她能撫平我騷動的心。她就在那兒。其他的……就是我們曾聊過的那些女人，做完愛之後，就被扔到遙遠的星球上了，純粹在心裡建構出來的星球。珍妮薇……你記得嗎，我們聊過的，那個有人居住的星球，我找到它了，一如人們找出了事情的意義，我在一個終於讓我找到內心的世界裡，與你並肩同行……

她從現實處來到他身邊。她身兼媒人職責，雖經歷千次離異，只願能再締造千次連姻。她將把那些栗子樹、那條大馬路、那座噴泉還給他。每一樣東西都再一次地把這個祕密保存在中心處，也就是他的靈魂之中。這座公園將不再有人打理、弄平地面、清空障礙。反而就是要在這遇見戀人的公園小徑上，留有戀人足跡的這片凌亂、這些乾枯樹葉、這方遺失的手帕。這座公園於是變成了陷阱。

2.

她從來沒有跟貝尼斯提過她的丈夫艾藍。「雅克，今天晚上有個無聊的晚餐聚會，一大堆人要來。你一起來，我就不會覺得那麼孤單了！」

艾藍雙手比劃，比個不停。私底下的他為什麼沒有這樣的自信？她面露憂色地看著他。這個男人把他自己構織的一個人物推到台前。不是為了炫耀，而是為了讓自己有信心。「你的觀察非常正確，親愛的。」珍妮薇嫌惡地偏過頭。這大手一揮的圓弧動作、這口氣、這表面上的自信！

「服務生！雪茄。」

她從沒見過他這麼活躍，飲酒如此豪邁，彷彿沉醉在他的權力之中。在餐館裡，在這個露台上，他在帶領世界。他的一兩句話、一個意見，就可以讓服務生或餐廳經理疲於奔命。

珍妮薇半笑不笑的。吃飯為什麼要談政治？六個月了，為什麼老是要繞著這荒誕的政治？艾藍只要自覺有了什麼強勢的想法，就自以為與眾不同。於是，他意氣風發，張揚自己的身分地位，眼裡只有自己。

她讓那些人自己玩去，轉身面向貝尼斯：「任性的孩子，跟我說說沙漠的事……你什麼時候才要回來我們這裡，安定下來啊？」

貝尼斯望著她。

貝尼斯望著眼前這位笑著看他的陌生女人，想從她身上找尋一個十五歲的孩子，就像童話故事裡那樣。那個小女孩躲藏著，但總有某些舉止動作會暴露她的行藏。珍妮薇，我記得那些魔法。我得把你擁入懷中，用力地抱住你，抱到你感覺痛了，那個小女孩才得以重見天日，才會哭泣出聲……

男人，現在，都像西洋劍士一樣，挺起白的擊劍護胸往珍妮薇身邊聚攏，大玩勾引的戲碼，好像有想法、有好的形象就能贏得女人芳心，好像女人是這樣一場競賽的獎品。她老公也在裡面，大獻殷勤，一副今晚很想要她的模樣。要等到旁人都想要她的時候，他才會注意到她的存在。當她一身晚禮服，耀眼動人，想要討人喜歡，隱隱像個交際花風情萬種的時候。她心想，他喜歡庸俗的東西。為什麼人們不能喜歡她的全部呢？人們喜歡一部分的她，所以讓其餘的部分留在黑暗中。人們喜歡她，就像是喜歡音樂，喜歡奢侈品一樣。她聰慧機敏或多愁善感，所以人們想要她。然而，她的信仰，她的感受，她內心承受的一切……沒有人在乎。她對自己孩子的愛，內心完全合情合理的擔憂，那些被他們留在黑暗裡的所有一切：人們都視而不見。

接近她的每個男人都會變軟弱，會跟她鬧彆扭，會憐惜她，為了討她歡心，似乎都會對她說：我會成為你想要的男人。那是真心話。只是，這些話對他們來說，一點都不重要。重要的是能夠跟她上床就好。

她並不是一直想著愛情這檔事：她沒有那個時間！

她想起剛訂婚的時候。她笑了：艾藍突然發現自己墜入了愛河。（這些，他大概都忘了吧？）他想跟她告白，想要馴服她、征服她：「啥！我沒時間……」他跟在她後頭，在那條小路上，她手上抱著的法國麵包，緊張地隨著哼唱的歌曲節奏掃過路旁的細嫩枝條。潮濕的土地味道香香的。枝椏如雨般落在臉上。她反覆地說：「我沒時間……沒時間！」她得先跑到花房照顧她養的花。

「珍妮薇，你是個殘忍的女孩！」

「對，沒錯。你看我種的玫瑰，一朵朵多碩大啊！那碩大的花，多麼美。」

「珍妮薇，讓我親吻你……」

「好啊。為什麼不？你喜歡我種的玫瑰嗎？」

男人永遠喜歡自己的玫瑰。

「沒有，哪有啊，我可愛的雅克，我才不悲傷呢。」她微微俯身靠近貝尼斯：「我記得……我以前是個很怪的小女孩。幻想自己是神。小時候如果碰上無可挽回的事，我會沮喪地哭上一整個白天。但是，到了晚上，等燈點亮了，我就能找到我的朋友。我會在禱告的時候對他說：『這就是我遭遇的事，我真是太脆弱了，沒有辦法修補好我毀壞的人生。但是，我把一切都交給你，你比我強悍多了。加油，你會有辦法的。我現在要去睡了。』」

再說，這些無法掌握的事情，其中有太多只能逆來順受。她御下統治的有書本、花卉、朋友。她和他們簽下約定。她知道那個可以讓人笑逐顏開的徵兆，那個宣示盟友的字眼，也是唯一的一個：「啊！就是你，我的老友星象大師……」或者是當貝尼斯走進來時：「坐啊，任性的孩子……」每個人都透過一個祕密與她產生了連結，透過這份被發現、被牽連的甜蜜感覺。最純粹的友誼變得像一宗犯罪事件一樣的豐富。

「珍妮薇，」貝尼斯說：「你還一直在統御事物。」

她只要稍微動一動客廳的家具或是拉起一張扶手椅，就可以讓朋友驚訝莫名，發現他在這個世上的真正位置竟然就在這裡。當朋友離開之後，珍妮薇，安靜地在她的王國裡維護著和平。

而貝尼斯，那個曾經深愛過他，被他俘虜的小女孩，卻讓他感覺是如此的遙遠，如此的無法靠近……

但，有一天，她的世界完全崩解了。

3.

「讓我睡覺……」

「真是無法想像！起來。孩子喘不過氣了。」

她登時睡意全消，衝到床邊。孩子睡著。因為高燒全身肌膚泛著晶亮，呼吸短促，但是很安靜。半夢半醒間，珍妮薇腦海裡是拖拉機急促冒出廢氣的畫面。「好累！」她這樣子已經三天了！她思緒無法集中，彎身伏在病人旁邊。

「你幹嘛騙我說他喘不過氣？你幹嘛嚇我？」

受驚的心還怦怦地跳著。艾藍只回答：

「我以為嘛。」

她知道他在說謊。他感到有些焦躁，他沒辦法獨自承受痛苦，他要別人一起來分擔這份焦躁。他在痛苦的時候，世界竟是一片祥和，這一點讓他受不了。然而，三天三夜來不眠不休地看顧孩子，她需要一個小時的休息時間。她已經不知道自己身在何處了。

她原諒了他千百回的勒索，因為這些話……根本不用去在意？真荒謬，斤斤計較睡眠的時間又有什麼用！

她只淡淡的說：「你不可理喻。」接著，為了安撫他：

「你真是孩子氣……」

隨即她轉問看護，現在幾點：

「兩點二十分。」

「啊，是喔？」

珍妮薇喃喃重複「兩點二十分……」好像需要緊急做些什麼處置似的。什麼都不需要。只有等，就像在旅途中一樣。她手指輕敲床沿，整理小藥瓶，摸摸玻璃窗。她在創造一個隱形的神祕秩序。

「您應該睡一下。」看護說。

語畢，沉默。然後，旅行的壓迫感，再次顯現，看不見的景物奔馳。

「這孩子，我們看著他活蹦亂跳，我們那麼珍惜呵護……」艾藍說。他希望獲得珍妮薇的愛憐。扮演著可憐慈父的角色……

「老公，去找點事做，別多想了！」珍妮薇柔聲建議。「你跟人約了要談事情，去吧！」

她推他肩膀，但他正在醞釀內心的愁痛：

「你怎麼能這麼說！在這種時候……」

在這種時候，珍妮薇在心底覆誦，但……但比任何時刻都更需要！她感到一種詭譎的需要，一切必須井然有序。這個花瓶擺的位置不對，艾藍的外套胡亂搭在家具上，靠牆桌上蒙了一層灰，這些……這些都是敵人勝利的足跡。潰敗的隱約徵兆。她要對抗，要反敗為勝。鍍金的小擺飾，整齊的家具都是擺在眼前的清楚現實。所有健康、整齊、閃亮的東西，在珍妮薇的眼裡都是能對抗幽冥死神的防護物。

醫生說了：「會好的。這孩子很強壯。」這是當然。他睡著時，兩隻小手握著拳頭，緊緊地握住生命不放。這畫面如此美麗，如此堅毅。

「太太，您應該出去走走，去散散心，」看護說，「然後再換我去。不然我們會撐不下去的。」

一個小孩讓兩名婦人累到吃不消，這景象好怪異。他緊閉雙眼，呼吸短促，卻拖著她們，將她們逼到世界的盡頭。

珍妮薇出門了，好逃離艾藍。他不停地在說教：「我最要緊的職責……你的驕傲……」他這些話，她一句都沒聽懂，因為她好睏，儘管如此，話裡的某些字眼還是讓她頗為吃驚，好比「驕傲」。為什麼驕傲？驕傲跟這一切有什麼關係？

看到這名年輕少婦沒有哭泣，沒有說任何一句多餘無用的話，而且照顧病人就像護理師一樣的精準熟練，醫生很是吃驚。他很佩服這位看顧生命的小幫手。而對珍妮薇來說，醫生來看診的時刻，是她一天當中最棒的時候。不是因為他的話能安慰她：他什麼都沒說。而是因為孩子的身體完全繫在他的身上。因為所有嚴重、黑暗、不衛生的東西，都能清楚地暴露行跡。在這場對抗黑暗的戰役中，這是多麼強有力的防護罩啊！就連前兩天進行的那場手術……艾藍人在客廳唧唧歪歪地哀聲嘆氣。她留下了。執刀的外科醫生身穿白袍走進房間，就像一股白晝的安靜力量。實習醫生和他展開了一場快攻。簡潔直白的字句，指令：三氯甲烷，接著鎖緊，然後碘酒，從不帶任何情緒的低沉嗓音中迸出。突然，就像貝尼斯在飛機上一樣，她得到了啟發，發現了一個強力的策略：我們一定能夠戰勝。

「你為什麼什麼都知道？」艾藍說：「你這個母親，難道是鋼鐵做的女人嗎？」

一天早晨，就在醫生的眼前，她慢慢地滑落沙發，昏了過去。等她恢復意識之後，他的話裡既沒有要她加油，也沒有給她希望，更沒有表達一絲的憐惜之情。他神情凝重地看著她，然後對她說：「您太勞累了。這不是開玩笑的。我命令您今天下午一定要出去走走。別上劇院，人們見識太淺薄無法理解，不過，找一些類似的事情做。」

他心裡想著：「這是這人世間，我所見過最真切的一面了。」

大街上的涼意讓她為之一凜。她走著走著，小時候的回憶浮現腦海，給她帶來極大的慰藉。那些樹，那些原野。再單純不過的事物。一天，過了很久之後，那個孩子來到了她身邊，這難以參透的事，同時卻又是最簡單不過的事。比任何事都更理所當然。就事情的表象來看，她幫了這個孩子，與其他活生生的東西。沒有言語能夠表達出那當下她所感受到的一切。她感受到了……對了，就是這個：聰慧。還有自信，以及她和萬物的連結，她是一支偉大合奏曲中的一份子。她任由自己的身軀帶她走到窗邊。生機勃勃的樹，往上生長，從土裡拔高了一整個春天：她不輸他們。她的孩子就在她身旁，微弱的呼吸，他是世界的引擎，是他微弱的呼吸讓世界有了生氣。

可是，這三天，混亂至極。任何一個小動作，像是開窗、關窗，都變得至關重大，後續難料。弄得人都不知道該怎麼做了。摸摸小藥瓶，摸摸床單，摸摸孩子，完全無法確定這樣的動作在黑暗世界裡會有什麼樣的後遺症。

她走過一間古董店。珍妮薇想到了家裡客廳的小擺件，像是捕捉太陽的陷阱。任何能夠留住光線的東西她都喜歡，所有明亮的，反射光芒的東西。她停下腳步，駐足賞鑑水晶裡映出一抹無聲微笑——香醇好酒帶來的笑容。她疲憊的腦袋把光線、健康、確定仔活等想法全搞在一起了，她想把這個宛如金色卯釘的反射影像擺在那個逐漸離去的孩子的房間。

4.

艾藍回來正在照顧孩子。「你還有心出去玩，還跑去古董店瞎逛！我絕對不能原諒！這……」他在找尋字眼，「這根本不是正常人會做的事，太匪夷所思了，你根本不配當媽！」他機械化地抽出一根香菸，紅色菸盒往旁一扔。珍妮薇又聽見他說：「你要自重！」她心裡在想：「他到底要不要點燃那根菸？」

「是的……」艾藍慢慢地說了，他這番話留到最後才說：「是的……當做媽的在外面逍遙的時候，孩子吐血了！」

珍妮薇臉色霎時變得慘白。

她想離開這裡，他擋住了去路。「給我待著！」他像野獸般急促的呼吸。她害他一個人獨自心焦如焚，他要她付出代價！

「你總是在傷害我之後，再一副悔不當初的樣子。」珍妮薇平靜地說。

然而這句話，戳破了他鼓滿了風的大牛皮，戳破了他處理事情的無能，是讓他爆衝的最後一鞭子。他大聲叫囂。是啊，她對他的努力總是視而不見，輕浮浪蕩的女人。是啊，這麼久以來，他一直都順著她，他，艾藍，把所有的力氣都放在她身上。是啊。但這一切全都一文不值：只有他一個人受苦，這輩子他一直都是孤單一人……珍妮薇厭煩地轉身：他將她拉回來，面對著他，然後咬牙切齒一個字一個字地說：

「可是，女人犯了錯，是要付出代價的。」

看著她仍然不為所動，面無表情的樣子，他暴怒地吼道：「孩子死了——這是上帝的旨意！」

他像是歷經了一場謀殺之後，突然洩了氣似的怒氣全消。話音甫落，他自己都呆住了。珍妮薇臉色慘白地往大門方向走。他可以想像他在她的心裡會留下什麼樣的形象，可是他一心只想在她心裡留下高貴的樣子啊。他很想擦去這個形象，去修補，強行在她心裡勾勒出一個溫柔的模樣。

他聲音頓時變得低不可聞：「對不起……回來……我剛剛一時昏了頭！」

她手握著門把，然後微微轉過身來，看著他。他覺得她像一隻野生動物，只要他這邊一動，她就會登時逃走。他沒有動。

「過來……我有話跟你說……這事很難啟齒……」

她一動也不動：她在怕什麼？無謂的恐懼讓他差點怒氣噴發。他想告訴她，他剛剛一時衝動失去了理智，對她有些殘忍、不公平，但首先她必須靠過來一點，必須表現出一些信任，必須先踏出一步。果真如此，他將在她面前卑躬屈膝地請求寬恕。到時，她會明白……可是，她已經轉動門把。

他伸長手臂，衝過去抓住她的手腕。她盯著他，眼裡是無盡的鄙夷。他毫不退讓：現在，無論如何一定要留下她，讓她屈服，展現他的力量，告訴她：「瞧，我張開手了。」

他先是輕輕地拉，然後用力地抓著那隻脆弱的手臂。她抬起另一隻手想要給他一記耳光，但是他化解了她那隻手的攻勢。現在，換他傷害她了。他感覺他弄痛她了。他腦海浮現一群孩子抓住一隻野貓的畫面，孩子們想用武力讓野貓乖乖就範，逕自爭相撫摸牠，差點就要把貓掐死了，但其實他們只是想要表現溫柔。他深吸幾口氣：「我弄痛她了，全都完了。」有那麼幾秒鐘，他有一股瘋狂的慾望，想要跟珍妮薇一起掐死他留在她心底的那個形象，連他自己都害怕的那樣的他。

他終於鬆開握緊的手指，心裡充滿著怪異的無力與空虛感。她慢條斯理地退開，彷彿他真的沒什麼好怕的了，彷彿有什麼東西幫助她脫離了他的掌握。彷彿他根本不存在似的。她慢條斯理地整理好頭髮，然後挺直胸膛，走出門外。

當天傍晚，貝尼斯跟她碰面了，她什麼都沒說。這種事一般都不會拿出來講。她反倒叫他講了他們倆小時候的事、他在遠方的生活。為什麼呢，因為她心底有個小女孩需要他安慰，而人總是用畫面來安慰人。

她將額頭靠在他的肩膀上，貝尼斯以為珍妮薇，整個的她，在他那裡找到了避風港。她自己大概也這麼認為。他們大概不知道，在人們的撫慰下，跳出來想要逃走的那個我，只是極小一部分的自己。

5.

「珍妮薇，這個時候，你來找我……你臉色怎麼那麼白……」

珍妮薇沒有說話。時鐘指針滴答，叫人心煩。燈火與晨曦聚合流淌，像是會讓人致病發燒的恐怖飲料。這扇窗令人作嘔。珍妮薇勉強打起精神！

「我看見你家燈還亮著，我就來了……」說完，再也無話好說。

「對，珍妮薇，我……我在整理書，你瞧……」

一落落的書，有黃、有白、有紅。「好像花瓣，」珍妮薇心想。貝尼斯靜靜地等。珍妮薇靜靜地不動。

「珍妮薇，我在這張椅子上胡思亂想，翻開一本書，然後再換一本，覺得好像每一本都讀完了。」

他給人一種老人家為了掩飾內心激動的畫面感。他以最平和的口吻問道：

「珍妮薇，你有話跟我說嗎？……」

然而，他心裡想的是：「這是任性的愛。」

珍妮薇內心掙扎著，抗拒著那唯一的念頭——他不知道……還有那驚訝的眼神。她朗聲說道：「我來是為了……」

說著伸手放上他的額頭。

玻璃窗慢慢轉白，室內蕩漾著水族箱似的光芒。「燈光漸漸暗了下來。」珍妮薇想著。

接著，她突然六神無主地說：「雅克，雅克，帶我走！」

貝尼斯臉色雪白，登時將她擁入懷中，輕輕搖著。

珍妮薇閉上雙眼：「你一定要帶我走……」

時間避開這方肩膀，沒有造成任何傷害。那幾乎可說是一種拋下一切的喜悅：放棄掙扎，隨波逐流，她的生命好像在流失……消逝。她在心底高喊：「我卻一點都感受不到痛楚。」

貝尼斯摸摸她的臉頰。她想起了一些事：「五年，五年了……可以了！」她又想：「我給了他那麼多……」

「雅克！雅克……我的兒子死了……」

「你瞧，我離開家了。我真的很需要平靜。我還沒有理解過來，我還沒感覺到痛。我是個沒心沒肝的女人嗎？別人都在哭，都想過來安慰我。他們情感流露得如此恰當。可是，你瞧……我還沒有這些記憶。

「對你，我可以敞開心胸，什麼都可以說。死亡在極端混亂的情況下降臨：打針、包紮、電報。幾天幾夜的徹夜難眠，我還以為在做夢。醫生來看診的時候，他們抬起他空空的腦袋，靠著牆。

「然後他們跟我老公討論，真是一場惡夢！今天，稍早的時候……他一把抓住我的手腕，我還以為他要扭斷我的手。這一切僅僅是為了打一針。但是我很清楚……時間還沒到。接著，他想尋求我的原諒，不過，這不重要！我只是回答：『好……好……讓我看看兒子。』他擋在門口：『請原諒我……我需要你的寬恕！』簡直是蠻不講理。『好啦，讓我進去。我原諒你。』他說：『你只是嘴巴上說原諒，不是打從心底原諒我。』就這樣反覆循環，我快發瘋了。

「當然，事情結束的時候，我們也沒有太心痛絕望。我們還為當時的平靜、無語，感到詫異。我那時在想……在想：孩子終於可以安息了。就這樣。我覺得自己在那凌晨時分也跟著上路了，出發到很遠的地方，一個我不知道的地方，然後我就不知道自己該做什麼了。我想著：『我們到了。』我望著那些針筒、藥品，我對自己說：『什麼都沒有意義了……我們已經到了。』然後，我昏倒了。」

忽然，她迷惘驚駭地說：「我真是瘋了才來找你。」

她感覺白茫茫的晨光那一頭，有一場大災難。冰冷凌亂的床褥。胡亂搭在家具上的毛巾，摔倒的椅子。她需要快點振作，來對抗這次的崩解。一定要快點把椅子歸回到原來的位置，還有那個花瓶、那本書。縱使是白費力氣，她也要拚盡全力，把圍繞著生命的東西重新歸位。

6.

人們前來弔唁。說話時，一副忸怩謹慎的模樣。人們想讓那些攪動的悲慘記憶在她心底慢慢地沉澱，那是如此口無遮攔的沉默……她站得直挺挺的。她絲毫都沒有放低音量，大方地說出那個在人人嘴裡繞著大半圈轉不出來的字，那個字：死。她不希望大家盯著她，搜尋他們委婉試探的話語在她身上造成的波瀾。她定定地盯著他們的眼睛，逼得他們轉移視線，但是，一旦她垂下目光……

其他人……進入玄關的那些人，從外面走來時一路邁著平穩的步伐，但自玄關到客廳的這一段路，他們的腳步開始變得急促，隨即失去平衡地伏倒在她的懷裡。她不發一語。沒對他們說任何話。他們壓抑了她的悲傷。蠻強地摟住一個全身緊繃的小女孩，貼上他們的胸膛。

現在，她的老公在談賣房子的事。他說：「這些悲慘的往事讓我們痛不欲生！」他說謊，心痛差不多就快變成他們的朋友了。然而，他揮舞著雙手，他喜歡說話時夾雜豐富的手勢。今晚他就要出發前往布魯塞爾。她之後再去跟他會合：「你們知道這房子有多亂……」

他的過去完全崩塌。這間客廳是漫長的忍耐。擺在這裡的家具，不是這個男人擺的，不是家具商擺的，而是時間擺下的。這些家具塞滿的不是客廳空間，而是她的人生。有人把那張椅子從壁爐前拉開，把靠牆桌拉離牆面。就這樣，所有東西的過去都被挖空了，第一次顯露出赤裸的原貌。

「你也是，又要離開了？」她絕望地揮了一下手。

千百個契約戛然中止。難道將她與這個世界連結在一起的竟然是一個孩子，這個世界竟是圍繞著一個孩子的井然有序組合？這樣一個孩子，他的死對珍妮薇來說就等於是世界崩解？她什麼都不管了：「我好難過……」

貝尼斯輕聲對她說：「我帶你走。我要強押你走。你記得嗎？我曾經對你說，我會回來的。我對你說過……」貝尼斯將她緊緊擁入懷中，珍妮薇稍稍抬起臉，雙眼閃著淚光，貝尼斯懷裡擁著的是一隻籠中鳥，是那個淚流滿面的小女孩。

朱比岬……年……月……日

貝尼斯，吾友，今天是收發郵件的日子。飛機離開西斯內羅斯了。很快就會飛越這裡，給你捎去幾句我的埋怨責備。近來我經常想到你給我寫的那些信，還有我們那位被囚禁的公主。昨天我在海邊散步，這裡的海邊如此空曠、如此原始，海浪亙古反覆地沖刷，我不由得要想，我們很像這片沙灘。我不是很確定我們是否真實存在著。你見過不少次悲傷壯闊的日落，整座西班牙堡壘在這片晶亮的沙灘上，逐漸沒入黑暗。但，那片神祕湛藍的倒影與堡壘有著不同的沙粒。這裡才是你的王國。不是非常真實。不是非常明確……但是，珍妮薇……讓她過她自己的人生吧。

是的，我知道，如今你彷徨失措。但，在人的生命裡，悲劇是很少有的。友誼、溫暖、愛情是如此的稀罕，不要輕言拋棄。儘管你說了很多關於艾藍的事，但光一個男人並不能代表什麼。我認為……生命的重心應該在別的地方。

世間的習俗、成見、律法，所有你覺得完全沒有必要的東西，你所逃離的這一切……卻給了她一個框架。人必須透過身邊一些能夠耐久的現實來感覺自己的存在。無論多荒謬或不公平，這一切都只不過是言語罷了。但是珍妮薇，你帶走的那個，將不再是珍妮薇。

再說，她真的知道自己想要什麼嗎？還有，可能連她自己都還不自知，她已習慣了富裕的生活。有了錢，才能獲取財產，走進外在世界的熙熙攘攘——她要的是內心的世界——但是財富，才是讓事情持久的關鍵。錢是條看不見的河，深埋地底，滋養一間屋子的牆壁，讓它百年不倒，孕育回憶：靈魂。你要把她的人生從她這個人身上清空，就像清空一間公寓內千百件那些我們平時視若無睹，卻真實地建構了這個公寓的東西一樣。

不過，我可以想像，你覺得放手去愛就像是破繭重生。你以為你帶走的是一個全新的珍妮薇。愛情對你而言是你偶爾在她眼中看見的那抹色彩，你以為很容易就能點亮，就像點亮一盞燈那麼簡單。的確，在某些時刻，簡單的三言兩語就具有這樣的能力，能輕而易舉地滋潤愛情……

然而，生活卻是另一回事。

7.

珍妮薇微微發窘地摸摸窗簾、沙發，輕輕的，像是在摸一顆被發現的界碑石。到此刻為止，這些手指的碰觸就像一場遊戲。到此刻為止，這幅背景是如此的輕巧，彷彿舞台道具一樣，需要的時候可以馬上出現，或旋即下台消失。她的品鑑能力不容質疑，所以她絕不會問這塊波斯地毯，這塊茹伊印花布到底是什麼。直到今天為止，是這兩樣東西建構出了屋內如此溫馨的樣貌，如今她認識它們了。

「這沒什麼，珍妮薇心裡想：這還不是我的人生，我還只是個陌生人。」她陷入一張扶手椅中，閉上眼睛。就跟在快車的車廂裡一樣。每一秒鐘，都能感覺到房子、森林、村莊被一一往後拋開。然而，躺在臥鋪上，只要一張開眼睛，印入眼簾的是一根黃銅手拉環，永遠都是那一根。不知不覺中，身上出現了變化。「再過八天，等我張開眼睛，就會看見一個全新的我。他帶我走了。」

「你覺得我的家怎麼樣？」為什麼急著把她從幻想中叫醒呢？她睜開眼望著周遭。她不知該如何表達她的感受：這樣的裝潢不能持久。屋梁不夠牢靠……

「過來，雅克，有你在……」

半黑半明的光線灑上男生住處慣見的壁毯和沙發上。牆壁上掛的摩洛哥織毯。這些只要五分鐘就能掛好，或撤下。

「雅克，你為什麼要把牆面遮住，為什麼要隔絕手指觸摸牆面的觸感？……」

她喜歡用掌心滑過石頭表面，撫摸家裡最牢固、最能持久的地方，能像一艘大船般長久乘載著你的東西……

他帶她看他的財富：「一些紀念品……」她明白了。她認識一些殖民軍的軍官，他們在巴黎過著遊魂般的生活。他們在大街上相遇，驚訝彼此都還活在人世。在他們的家裡，多少帶點西貢民宅、或是馬拉喀什民宅的色彩。他們在裡面高談闊論，談女人、談袍澤、談升遷；這些布幔在那邊或許就是牆了，只是它們到了這裡彷彿死了一般。

她手指輕輕掃過那些輕薄的銅器。

「你不喜歡我的這些小玩意？」

「對不起，雅克……這有點……」

「俗」這個字，她不敢說出口。但是她的鑑賞力讓她只能賞鑒、喜愛塞尚的真跡，沒辦法欣賞贗品，只能接受貨真價實的古董家具，受不了仿冒品，山寨劣品隱約在她心中種下不屑。她要以最寬容大度的心，準備犧牲一切；她覺得她可以在白石灰牆的小房間裡勉強過日子，但是，在這裡，她覺得自己有一點聲名受損。受損的不是她出身富裕的高貴品味名聲，而是，好奇怪的想法，她率直的名聲受到了損害。他猜到了她心內的困窘，卻不了解她的想法。

「珍妮薇，我沒辦法給你太多的安逸舒適，我不是……」

「喔！雅克！你真是的，你想到哪裡去了！這些我都不在乎。她埋進他的臂彎，我只是覺得簡單的木頭地板，打上光潔的蠟……可能比你這些地毯要好。沒事的，這些事我來處理……」

她隨即閉上了嘴，她隱約感覺到她真正想要的是更多更高級的奢華，她要的東西比他們臉上戴的面具還要多得多。她小時候玩耍的大廳，那片被亮光淹沒的木頭地板、那些厚重的實木桌子，放上幾百年都不會退流行，也不會腐朽……

她感到一股莫名的哀愁。不是後悔拋下了財富，後悔拋下她有權擁有的那些：她當然不比雅克懂得何為多餘的身外之物，但是她很明確地知道，這些多餘的身外之物能豐富她的新人生。她不需要這些東西。但是，這份持久的保證：她將不再有了。她想：「這些東西堅持得比我久。他們接納我，與我為伴，保證我能一直受到照顧，而現在，我要堅持得比這些東西更久了。」

她又想：「我去鄉下的時候……」她彷彿又看見那棟隱密在蓊鬱椴樹之後的房子。那是這個地面上最穩固的東西了：門前寬廣的石梯持續下陷土裡。

那裡……她想到了冬天。冬天鋤光了林子裡所有的枯木，暴露出房子的每一根線條。甚至連世界的脊梁都清晰可見。

珍妮薇走著，一邊吹口哨叫喚她的狗。每踩出一步，枝葉跟著喀喀作響，但是她知道，經過冬天的這番洗禮，大地翻新之後，春天將跟著縫補勾落的紗線，爬上枝條，讓花苞綻放，將這如流水深邃、如流水湧動的蓊鬱青綠穹頂翻修一新。

那裡，她的兒子沒有完全消失。當她走進食物儲藏室，翻動那些半熟的木梨時，他馬上趁隙跑出去玩，可是你已經跑了這麼久，喔，我的小寶貝，鬧了這麼些時候，不是該乖乖去睡覺了嗎？

那裡，她認得出亡魂的動靜，但她並不害怕那些動靜。每一名亡者都把他的沉默加進房子的沉默當中。她把眼睛從書本上移開，屏氣凝神，品味著剛剛消失的召喚。

他們消失了嗎？在變化更迭的萬物當中，他們才是唯一持久不變的東西，他們最後的面容，最終變得如此真實，終至萬物之中無一能夠否定其存在！

「現在，我要跟著這個男人走下去，我會受苦，我會猜忌。」因為人總是當局者迷，天性無法理解溫柔與粗暴，她永遠無法釐清，除非所有的拼圖都拼湊完整。

她張開眼睛，貝尼斯陷入沉思。

「雅克，你要保護我，我是身無分文地離開，身無分文！」

她將在達卡的那間屋子裡，在布宜諾斯艾利斯擁擠的人群裡活下去，活在一個毫無意義，而且只比書中情節略為真實的世界裡，如果貝尼斯不夠強壯……

但是，他俯身靠近她，溫柔地對著她說話。她願意努力去相信，這個他打造出來的形象，這份神聖溫柔的愛。她很願意去愛這個愛情的意象：如今她也只有這個薄弱的意象可以保護她了……

今晚，她將在肉體之歡裡尋得這樣的脆弱膀臂，一個避風港，她把臉埋在裡面，就像一隻將死的動物。

8.

「你要帶我去哪裡？為什麼開到這裡來？」

「你不喜歡這間飯店嗎，珍妮薇？你想離開這裡嗎？」

「對，我們走吧……」她怯生生地說。

車頭大燈燈光黯淡。車子艱難地在黑夜中行走，彷彿卡進洞裡。貝尼斯偶爾往旁邊瞄一眼——珍妮薇臉色蒼白。

「你會冷嗎？」

「有一點，沒關係。我忘了帶毛皮大衣。」

她以前就是個常丟三落四的小女孩。她笑了。

現在，竟下起雨了。「爛透了！」雅克心裡想，不過他仍然認為人間天堂的四周圍都是這樣的。

在桑斯[22]附近，車需要換火星塞。他忘了帶手提式電燈，這又忘了樣東西。他拿著鑰匙在雨中摸索著老打不開蓋。「我們應該搭火車的。」他心裡一個勁兒地叨唸著。他選擇開車的理由是，開車比較符合她想要的自由意象：自由個頭！帶她出逃之後，他做的每一件事都很蠢：而且還一直忘東忘西的！

「你沒問題嗎？」

珍妮薇走到他身邊。她突然又有一種自己是籠中鳥的感覺：一棵樹、兩棵樹在那裡站著衛兵，還有這間養路工人的蠢木屋。天啊，這是什麼怪主意……難不成她要一直在這裡住下？

車子修理好後，他握住她的手：「你在發燒！」

她微微一笑……

「對……我有些累，想睡覺。」

22 Sens：法國中北部古城。

「那你幹嘛下車淋雨！」

引擎轉得還是很不順，不時頓一下，或嘎嘎作響。

「我的小雅克，我們到得了嗎？」

「當然可以，親愛的，馬上就到桑斯了。」

她嘆了口氣。她努力了但還是做不到。這一切都是因為那顆喘著大氣的引擎。每棵樹又那麼的重，好難將它們拋在後頭。每一棵。一棵，接著一棵。然後一切又重來。

「不會吧，」貝尼斯心想，「不會又熄火了吧。」這次引擎熄火讓他感到心慌。他害怕四周景物靜止不動。害怕靜止的景物會澆灌隱隱萌芽的一些想法。害怕某種力量會破繭而出。

「珍妮薇寶貝，不要一直想著這個晚上……想想等一下的事……想想……想想西班牙。你喜歡西班牙嗎？」

她回答，細細的聲音彷彿來自遙遠他方：「好的，雅克，我覺得很幸福，可是……我有點怕附近有強盜。」他看著她溫柔地笑了。這句話聽著讓貝尼斯覺得好難受，這句毫無意義的話，除非她想說的是：這趟西班牙之旅，這個童話故事……沒有信心。沒有信心的軍隊。沒有信心的軍隊怎能征服？「珍妮薇，都是因為這個夜晚，都是這場雨打壞了我們的信心……」他突然意識到這個夜晚跟沒有特效藥可醫的慢性病很像。他的嘴裡已經舔得到生病的味道。是那種日出無望的夜。他在掙扎，一字一字節奏規律地在心底吶喊：「只要雨停，等晨光出來便能治癒一切……只要……」他們的心裡有些東西生病了。但是他不知道。他以為生病的是這塊慘澹的大地，是這個夜晚。他期盼曙光快來，那心情就像判刑的罪人一樣，不停地唸著：「等天光一亮，我就能呼吸了。」或者「當春天來臨，我就能年輕起來……」

「珍妮薇，想想我們那邊的房子……」他立刻意識到他不應該說這話。這裡沒有什麼可以讓珍妮薇在心裡構築出房子的樣貌。「是啊，我們的房子……」她低迴品味這句話。

它的溫熱走味，它的滋味惹疑。

她搖頭甩開許多她不熟悉的念頭，這些險些形成話語的念頭，這許多讓她感到害怕的念頭。

因為不知道桑斯哪裡有飯店，他在根路燈杆旁停了車，藉著燈光翻查旅遊指南。幾乎快乾的薄霧攪動影子，讓灰白牆面上的一塊還滴著水的褪色招牌變得鮮活起來——「單車……」他覺得那是他這輩子所見過的最悲哀，最粗俗的字眼了。平庸無趣的生活象徵。他發現他那邊的生活，大多都是平庸無趣的，只是他一直不覺得。

「有火嗎，有錢人……」三個瘦得像皮包骨的年輕小伙子嘲笑的望著他。「這些美國人，在找路呢……」說罷，他們轉頭盯著珍妮薇。

「滾開。」貝尼斯吼道。

「你的馬子，很風騷嘛。不過，要是你看見我們的女人，這裡二十九號……」

珍妮薇微感慌亂地靠到他身邊。

「他們在說什麼？……拜託，我們走吧。」

「可是，珍妮薇……」

他想反駁，終究沒有說出口。得先給她找間旅館……這些喝醉的小伙子……不重要？接著，他想到她在發燒，她很難受，不能讓她禁受這樣的場面。他近似病態地連連咒罵自己，怎能把她牽扯到這般醜惡的事情裡。他……

全球飯店關門了。夜裡，所有的小旅店看起來都有種縫紉用品店的味道。他不停地敲門，敲了好久，終於聽見有人拖著蹣跚的步伐走近。值夜門房將門打開了一條縫：

「客滿了。」

「拜託，我太太生病了！」貝尼斯繼續懇求。門闔上。腳步聲淹沒長廊之中。

全世界都聯合起來對抗他們嗎？……

「他怎麼說？」珍妮薇問：「怎麼，他們連門都不開嗎？」

貝尼斯差點就脫口而出，這裡可不是巴黎芳登廣場，人們肚子填飽後，小旅店也就睡了。這種情形再平常不過了。他一聲不吭的坐著。臉上的汗水泛著精光。他沒有開動車子，只是盯著閃亮亮的石板路面，雨水流進他的脖子；他覺得自己好像必須撼動這片死寂的大地。那個愚蠢的念頭再次浮現：什麼時候天才會亮……

這個時刻，真的需要說些暖心的話。珍妮薇先嘗試了：「這些都沒什麼，親愛的。我們要努力創造我們的幸福。」貝尼斯望著她：「對，你真是太寬容了。」他很感動。他好想親吻她：可是，這雨，這些不舒服的事，疲倦……他終究還是握住了她的手，即刻感到她的體溫益發高了。這副軀體每分每秒都在損耗。他透過想像的畫面，來讓自己平靜：「我要給她一大杯熱熱的烈酒，加糖。熱呼呼的甜甜烈酒。然後鑽進暖暖的被窩。然後我們兩個會因想到這趟旅程的艱辛，相視而笑。」他隱約感到一絲幸福。只是，即將到來的事卻完全不符他的想像。接下來的兩間飯店沒有人來應門。他只得不斷地更新修正，那些想像中的畫面。而且，每一回更新，只有讓這些畫面變得更模糊，更不確定，而讓畫面成真的機率，原本就已經很微弱的，變得更加微弱。

珍妮薇默默地不作聲。他發覺她沒有抱怨但也沒再說話了。他大可開車繼續路程，走上幾個小時，幾天，她也一聲不吭。不再開口。他人可扭住她的手臂，她仍會悶不吭聲……「我在想什麼，我在胡思亂想！」

「珍妮薇，我的小寶貝，你很難受嗎？」

「不會，已經不難受了，我好多了。」

她剛剛想到了好多她好想要的東西。卻得一一放棄。這是為了誰？為了他。這些他給不了她的東西。所謂好多了……其實是壓壞的彈簧彈不回去了。只得更加忍耐。就這樣子，她會愈來愈好的：這樣說來，當她完全好起來的時候，她不就等於放棄了所有的快樂……「行了！我在搞什麼？我又在胡思亂想了。」

英格蘭希望大飯店。商務客特價優惠。「靠著我的手，珍妮薇……是的，一間房。女士人不舒服：快送杯熱熱的甜酒來！滾燙的甜酒。」商務客特價優惠。這句話聽起來為什麼感覺如此慘澹？「快坐下，這樣舒服點。」熱甜酒怎麼還不送來？商務客特價優惠。

一名上了年紀的女僕匆忙趕來：「夫人，酒來了。可憐的夫人。整個人都在發抖，臉色好白。我去準備熱水袋。十四號房，寬敞舒適……可以麻煩先生填寫入住表嗎？」他手持鋼筆，這才發現他們倆姓氏不同。他想到珍妮薇會因此成為僕役們的笑柄。「都是因為我，沒有品味。」還是她替他解了圍。

「情人，」她說，「聽起來不是很甜蜜嗎？」

他們想到巴黎，想到那裡的軒然大波。他們看見許多不同的臉孔湧動。某些只有他們會覺得難以啟齒的事情開始出現，但是，他們小心地不去談及，深怕觸及他們內心的想法。

貝尼斯很清楚，直到此刻，他們之間什麼事都沒有，一丁點都沒有，除了動不動熄火的引擎，幾滴雨，以及為了找旅館浪費的十分鐘時間。他們以為自己已經克服的困難艱辛，其實來自他們自己。珍妮薇會如此難受是因為她在對抗自己，那股要將她從她自己身上連根拔起的力量是如此的強大，大到已經撕裂了她。

他握住她的手，他深知此刻多說無益。

她睡了。他腦裡想的不是愛。而是一些詭異的胡思亂想。舊日重現。燈裡的火苗。要快些讓火苗轉強變大。此外，還得保護這火苗不讓強風吹熄。

可是，尤其是這脫離現實的感覺。他曾是那麼的渴望擁有她，貪婪地想把她變成他的財產。她會為身外物感到痛苦，或深深打動，像個孩子一樣的哭喊著要這些東西。於是，儘管她表現得寬容無謂，他還是得給她很多才行。可是，他在這個不識飢餓滋味的女孩面前，只能俯首認窮。

9.

「不。沒有……放開我……啊！天亮了？」

貝尼斯已經起身。夢裡她的動作宛如拉縴人般使勁吃重。那動作就像一個使徒想把人從心底的深處拉出來，讓他再度沐浴陽光一樣。踏出的每一步都極富深義，就像是舞者踏出的舞步。

「喔！親愛的……」

他在房裡來回踱步，真荒謬。

晨光下，窗戶顯得好髒。這個夜，是深深的藍。在燈光的掩映下，夜色泛著藍寶石般的深藍。這個夜，形成一個深深的凹洞，幾乎深達戶外星辰。人們酣夢。人們幻想。恍如站在船頭之上。

她把腳縮到胸前，感覺身體軟綿綿的，活像沒烤好的麵包。心臟跳得飛快，隱隱作痛。就這樣在火車車廂裡。車輪軸哐啷敲打著逃亡的節奏。輪軸的敲擊宛若心臟，怦怦跳動。額頭抵著車窗，窗外風景不斷流淌：天際終於伸出手要收拾，一派清閒慢慢地圍堵圈住的那些厚實黑暗，輕柔得跟死神一樣。

她好想對著那男人大叫：「抓住我！」充滿愛意的手臂可以容納得下你的現在、過去與未來，愛的手臂可以將你聚攏……

「不。別管我。」

她站起來。

10.

「這個決定，」貝尼斯想：「我們是被推著做出決定。一切都是在沒有言語交流的情況下自然發展出來的。」他覺得，這樣踏上歸途，是事先注定好的。她病成這樣，旅行自然不可能再繼續下去。以後再說吧。這麼短暫的離家，艾藍又身在遠方，不會有問題的。貝尼斯有些驚訝，這一切看起來竟是如此之簡單。他很清楚這不是真的。能輕易地採取行動的，是對方。

此外，他對自己也不是很有信心。他知道他又再次屈服於想像的畫面之下了。但是，那些畫面，到底扎根扎得多深呢？今天早上，他醒來時，張眼看見上方低矮陰鬱的天花板，心裡馬上湧出這樣的想法：「她的房子是一艘船。船上的人，世代接替，一批換過一批。無論是在這裡，或是在別處航行，都不用擔心航行方向，只要有了上船的船票，有了自己的艙房，帶上了黃色真皮皮箱，就能感到無比的安心。只要上了船……」

他還不知道自己是否會感到痛苦，因為他走在下坡路段，而且未來已經走到他前面，他卻沒有掌握住。人們自暴自棄的時候，不會感到痛苦。當人們自暴自棄完全陷入悲傷的時候，就再也不會感到痛苦了。日後，當他看見某些畫面的時候，大概會覺得痛苦吧。因此他知道，下半場他們可以表現得泰然許多，因為他們心裡對自己扮演的角色多少已經有個底了。他心想這些都是因為一顆轉動不順的引擎。不過，我們會抵達的。我們走在下坡的路段。這個下坡路段的畫面始終如影隨形。

接近楓丹白露的時候，她覺得口渴。景物中的每一個小細節，他們都認得出來。它安詳地在那裡，讓人感到安心。

這是她需要的框架，重現了。

在這間簡陋的小餐館，他們喝著牛奶。幹嘛急著趕路。她小口小口地啜飲。幹嘛急著趕路？所有發生在他們身上的事都是必要的——又是那個必要的意象。

她表現得很溫順。她對他在許多方面都很滿意。比起昨天晚上，他們之間的關係更自由了。她笑了，指著一隻正在門口啄食的小鳥。她的臉彷彿煥然一新，他是在哪裡見過這張臉的呢？

那是旅行者的臉。幾秒鐘後，他的人生將與你再無瓜葛的旅行者。就在月台上。這張已經笑得出來的臉，閃耀著陌生的熱絡。

他再次抬頭。看見她的側影，微微向前，出著神。如果她的臉不轉過來，他將失去她。

她或許仍然深愛著他，但是，對一個柔弱的小女孩，你不能要求過多。他當然不能說「我把自由還給你」，也不能說類似這樣荒唐的話，所以他說了他將來打算要做什麼。而她不會是他冒險人生中的那隻籠中鳥了。為了感謝他，她伸出纖細的小手擺在他的手臂上：「你是……你是我全部的愛。」這是真心話，只是他也聽出這話裡頭的含義了，他們倆不適合在一起。

頑固又柔順。離嚴厲、殘忍、不公平只有一步之遙，只是她自己並不知道。而且離用盡一切手段都要捍衛某些難懂的權益也僅有一步之遙。她平靜而柔順。

她跟艾藍其實也不合適。這一點他很清楚。她口中說著要重新回歸的生活，從來只有帶給她痛苦而已。她到底適合什麼呢？她似乎不痛了。

再次啟程。貝尼斯微微往左邊走。他知道自己也不痛了，但是，或許潛藏他心底的某個動物受傷了，搞不清打哪來的淚水潸潸滑落。

巴黎，沒有騷動。他們沒有掀起多大的波瀾。

11.

有什麼用呢？他四周的巴黎無謂地喧鬧著。他很清楚他不可能從這團困惑當中得出任何結論。他慢慢地穿過路上的陌生人群，往上走。他心想：「好像我這個人並不存在似的。」他不久又得出門了，這樣也好。他知道他的工作會給他套上實體的羈絆，具體到足以將他拉回現實。他也知道，在日常的生活中，再小的一步，都是不折不扣的現實，心靈的慘劇在現實中會失去一些意義。甚至連中途停靠站的玩笑話，聽起來都還是會有原先的滋味。很奇怪，但，的確如此。然而，他已不在乎自己了。

他經過聖母院附近，就走了進去，看到裡面萬頭攢動嚇了一跳，找了一根石柱，躲在後面。他怎麼會到這裡來？他不禁要問。反正，他就是來了，因為這裡每分每秒都有意義。到了外面，時間全無意義。就是這樣：「外面，一分一秒全無意義。」他還覺得自己需要認清自己，全心奉獻給信仰，隨便信奉哪支思想派系都好。他對自己說：「假如我能找到一種表達自己、振作的方法，那對我來說，才是真的。」隨即，他疲憊地加上一句：「儘管如此，我不相信能找得到法子。」

突然，他覺得這還是一段海上旅程，而他這輩子耗盡心力，為的就是想要逃脫這樣的旅程。牧師開始講道，這卻像是發出了啟程信號一般，令他感到坐立不安。

「神的國度，」布道者宣揚：「神的國度……」

他將雙手平放在講台寬闊突出的外緣……俯身注視下面的群眾。滿座的人們正努力地吸收消化他所說一切。滋養。腦海出現了一些畫面，畫面超乎尋常地明確。他想到了漁網裡掙扎的魚，於是毫無來由地加了一句：

「當加利利海的漁夫……」

他只用那些能引發連串畫面重現，持續的字句。對著底下的聽眾，他似乎斟酌著，慢慢地尋找措辭，好緩慢延長如跑步健將般快速衝刺的想法。「如果你早知道……如果你早就知道愛是多麼的……」他暫停，讓自己稍微喘口氣：情緒太過滿溢，以至於無法表達自己的意思。他明白，簡單一兩句話，就算是陳腔濫調，他都會覺得裡面飽含弦外之音，以至於他根本無法辨別出原本的字義。香案燭火搖曳，他的臉孔恍如蠟像。他站起身，雙手壓著講台，抬起頭。當他放鬆時，這些人有了一點騷動，就像海水潮湧。

然後，他想到該說什麼了，他開口了。說話的口吻透著驚人的自信。神態有如全身是勁的裝卸工般的輕鬆自若。在他說完話的時候，好多在他體外組合成形的想法飛進了他的腦裡，就像是有人往他身上放了一個重物，他事先感應到了，自他的心底，他安置它的地方，湧現那個畫面，那個將他帶進人群中的方法。

現在，貝尼斯聽到布道的尾聲了。

「我是萬物生命的起源。我是走進你們心裡，讓你們充滿活力，然後離去的海潮。我是走入你們心底，撕扯你們然後離去的罪惡。我是走進你們心底，永不止息的愛。

「而你，馬吉安[23]站出來反抗我和第四福音書。而你，你跟我談到了文字的增補。你用你可悲的人類邏輯來對抗我，而我，我是凌駕人世之上的存在，而我正是要把你從人間的邏輯當中解救出來！

「喔，這世間的籠中鳥，請理解我！我要把你們從你們的科學、你們的禮教、你們的律法當中解救出來，掙脫思想的奴役，掙脫這套比宿命論更嚴厲的決定論枷鎖。我是盔甲的脆弱處，我是牢籠的天窗。我是這套計算裡的錯誤。我是生命。

「你們將自身納入星辰的運行，喔，實驗室的世代，你們將再也弄不明白星辰的運行。這是你們書裡出現的一個徵兆，但它已不再來自光明，你們知道的比小孩更少。你們發現了統御人類愛情的法則，但這個愛情本身卻讓你們摸不著頭緒，你們比小女孩更無知！來吧，來到我這裡。這光明的溫暖，愛情的光明，我把它們還給你們。我不是要箝制你們：我是要解救你們。我要把你們從第一個算出果實落地速度的那個人的奴役中解放出來，我要讓你們自由。我的居所是唯一的出路，離開了我的居所，你們會變成什麼樣啊？

「離開了我的居所，離開了這艘充滿了意義的、時間在不斷悄然流逝的船，你們會變成什麼樣啊！時間就像在亮閃閃的艄柱上流瀉的海水。海水流淌悄然無聲，但托住了島嶼。海水流淌。

「到我這裡來，任何行動都是頹然無功的你們，內心苦

23 Marcion：約一一〇～一六〇年，早期基督教的神學家，自立馬吉安派，是第一個被教廷判為異端的教派。他甚至創立了一個與羅馬教會平行的教會組織，並自封主教。

澀……」

他張開雙臂。

「我廣納一切。我背負世間一切罪愆。我擔下了自己的罪。我擔下了你們失去稚子的悲痛，與罹患不治之疾的煩惱，讓你們得以放下胸中大石。然而你們的罪惡，我今日的子民們，是一種更深沉更不可逆的慘況，儘管如此，我仍然一肩擔下，就像我擔下了其他的罪行。我將背負起這些更為沉重的心靈鎖鏈。

「我將背負起世間的一切重擔。」

貝尼斯覺得這個人好像非常絕望，因為他沒有高聲呼喊要求上天賜予啟示。因為他沒有宣稱獲得天啟。因為他都在自問自答。

「你們將會是玩耍的孩子。

「你們每天徒勞無功的辛勤，讓你們疲憊不堪，到我這裡來，我會給你們的辛勞賦予一個意義，它們會在你們的心裡建構出東西，而我會讓這東西變成人性。」

話語落進人群之中。貝尼斯聽不見了，但這些話裡的某些東西，卻像幅圖案般的回到腦海。

「我會讓這東西變成人性。」

他感到憂心。

「至於你們的愛情，今日的戀人們，決斷、殘忍，絕望的你們，到我這裡來，我會讓這東西變成人性。

「至於對肉體趨之若鶩的你們，悲傷的回頭浪子，到我這裡來，我會讓這東西變成人性。」

貝尼斯覺得內心的不安逐漸擴大。

「……因為人類讚嘆仰望我……」

貝尼斯不知所措。

「我是是唯一能讓人類重獲自我的依歸。」

牧師說完了。彷彿累極了似的，轉身意欲回到祭台。他讚美這位他剛剛打造出來的神。他覺得自己兩袖清風，好像他已經獻出了所有，好像肉體的疲憊就是他奉獻的貢禮。他不自覺地把自己比作了耶穌。他轉身踏上祭台，步履出奇地緩慢，接著再度開口：

「我的天父，我相信他們，所以我願意奉獻出我的生命……」

他最後一次彎身俯視群眾。

「因為我愛他們……」然後，他顫抖著。

貝尼斯覺得周遭的靜默深得不可思議。

「以天父之名……」

貝尼斯心裡想：「多麼絕望啊！信仰實踐的禱告呢？我沒有聽見信仰實踐的禱告，只有澈底絕望的呼喊。」

他走出聖母院。電弧街燈很快就要亮了。貝尼斯沿著塞納河岸走著。河畔樹木一動也不動，橫插縱生的枝椏落入黃昏的陷阱之中。貝尼斯腳下未歇。內心逐漸感到平靜，這平靜是因為白晝期間停火，暫停攻擊的緣故，但我們卻以為是因為問題已經獲得解決了。

然而，這黃昏……這如是戲劇化的畫面背景已經被用來襯托過帝國的廢墟，潰敗的夜晚和不夠堅定的愛情，明天將又被拿來襯托其他的悲喜劇。這背景讓人不寒而慄，如果說這個傍晚平靜異常，如果說人生停滯不前，那是因為我們不曉得這片背景中，將會上演什麼樣的劇碼。啊！有什麼能夠將他從這麼人性的憂慮中解救出來就好了……

突然，街燈在瞬間，全部被點亮了。

12.

計程車、公車，無名的騷動，巴黎真的是讓人迷失的最佳地點，是不是啊，貝尼斯？一個愣頭愣腦的呆瓜杵在瀝青路上。「喂，別擋路！」這裡或許是那些這輩子大概就偶然遇見這麼一次的女人的唯一機會。在蒙馬特刺眼的燈光下，女孩已經準備好為生活打拚。路的那頭，有著來自其他地方的女人，西班牙裔。巴黎就像個珠寶盒，即使長相不可人的女子，他也可以賦予她們亮麗珍貴的外表，當價值五百大洋的珍珠，滴落在她們的肚臍中央時，女人立刻成為美麗放縱的肉體。又一個憂心忡忡的女孩：「放開我。你！我認得你，你這個皮條客，快滾。讓我過去，我要討生活啊！」

這個女人正在他的前面吃晚餐，穿著一襲背部露出V字形的晚禮服。他只能看著她的頸部、肩膀與偶爾微微顫抖的背部。女人抽著菸，下巴托在手上。他放眼所見猶如一片荒煙沙漠。

「像是一堵牆。」他心裡想。

女舞者開始表演。舞者的步伐柔軟，芭雷舞的樂曲賦予了她們靈魂。貝尼斯喜歡這曲讓舞者懸空保持平衡的音樂旋律。看似如此搖搖欲墜的平衡，她們總能舞得這般沉穩得驚人。她們讓感官時時刻刻擔憂著塑造出來的畫面會突然瓦解，而就在靜止邊緣，鄰近死亡之際，再次以動作化解了一切。這就是慾望的詮釋。

他眼前這片神祕的裸背，如湖面光滑。但只要一個醞釀中的動作，一個想法或一個哆嗦都能激起大片幽暗漣漪。貝尼斯想：「我需要在那表面下，在那黑暗中騷動的東西。」

女舞者們在沙地裡勾勒出幾道謎，旋即擦去，開始謝幕。貝尼斯對著其中看著最輕佻的一位招了招手。

「你跳得很好。」他目測她肉體的重量，像在掂量果實的果肉，對他來說，測知她的肉體頗有重量是個很重要的線索，是一種財富。她坐下，定定地凝視著他，刮得乾乾淨淨的脖子有一塊如牛脖子般的突起。那裡可說是這具肉體裡彈性最差的關節處。臉龐看不見一絲優雅，但臉孔以下的整副身軀，卻散發出一股安祥自若的神態。

貝尼斯此時才看到她的頭髮被汗水黏在一塊。厚厚的脂粉上有一條深深的皺紋，使她看起來已經不再年輕了。離開了舞台，她身體中似乎某些特別的元素被抽離了，她好像變得笨拙，失去了光采。

「你在想什麼？」她略略彆扭地擺擺手。

這場夜的騷動有了意義。年輕領班、計程車司機、飯店經理往來不停。他們在做自己該做的工作，說白了就是向他推銷香檳與面前這位滿臉疲憊的女孩。貝尼斯看著眼前這幕後台人生，全都是工作罷了。說不上罪惡，更談不上德行，沒有不安的情緒，只是這般日復一日的勞動，就像機組人員，同樣的中性，不帶任何褒貶。連這場舞蹈表演本身，連串的動作只為了組成一種語言，只能對陌生人訴說的語言。唯有陌生人能在這裡找到一種句法架構，但是他們與她們好久以前就已經忘了。就這樣，樂師那首相同的曲目，因為表演了千百遍，而失去了其中的意義。這裡，她們在舞台投射燈的照射下，踏著舞步，擺出表情，但天知道她們是抱持著什麼樣的心情。或許這一位只是單純地擔心自己的腳疼狀況，那一位則是擔心著跳完舞之後的悲慘約會，另一位則想著：「我還有一百法郎的債要還……」而那個腳疼的或許還在想：「我的腳快痛死了。」

他體內已是慾念翻騰。他心想：「我想要的，你一點都給不了。」然而，他內心的孤寂是如此的揪心，以至於他需要她。

13.

她有些怕這個安靜的男人。當她夜裡醒來，躺在這個睡著的人身邊，她依稀覺得自己彷彿被人遺忘了，被扔在一處杳無人煙的海灘上。

「抱我！」

她仍能感受到愛的激情……但是她被困在這副身軀裡，被迫面對未知的人生，以及紛紛擾擾的夢想中！她橫躺在他的胸膛之上，感應男人的呼吸起伏，彷彿海浪潮來潮往，與航向未知的焦慮。如果，她將耳朵貼緊這片胸膛，仔細傾聽他沉重的心跳聲，像似盡忠職守的引擎，又或者是拆除業者的大斧，她感到一種倉皇出逃，難以捉摸的感覺。而這股靜默，只要她一出聲，便能將他從夢中拉起。

問與答之間，她默默讀秒，就像暴風雨突襲前的倒數——一……二……三……他離她好遙遠，遠在鄉野之外。他緊閉著雙眼，若她用雙手捧著這顆沉沉的頭顱，微微抬起，就像捧著亡者的頭，沉重得有如鋪路石塊。「我的愛人，何等的悲慘不安……」

兩個奇怪的同行旅伴。

他們並排躺著，沒有對話，悄然無聲。隱約感覺到生命在身體裡流淌，宛如一條河。目眩神迷的出逃。身體，這艘漂流在生命河流的獨木舟……

「幾點了？」

他們集中精神回到現實。這兩個奇怪的旅伴。「喔，我的愛！」她身體緊貼著他，微仰著頭，凌亂的髮絲被水淋濕而拉直。這女人從睡眠中，或是從愛情中甦醒，前額黏著的那綹頭髮，憔悴的臉孔，像是被人從海裡拉出來。

「幾點了？」

啊！幹嘛？時間就像外省地方的小火車站一個接一個的流逝。分鐘、小時、兩小時，全被拋到後頭，消失了。有東西從指縫裡流失，想抓都抓不住。年華老去，其實也沒什麼。

「我可以想像你那時候的樣子，一頭白髮，我呢，是你乖巧的朋友……」

年華老去，其實也沒什麼。

然而，這蒙寵的一秒鐘，這推遲的平靜，到了再遠一點的地方，卻就是這些東西讓人感到疲憊。

「說說你曾去過的那些地方好嗎？」

「哪裡……？」

貝尼斯知道這是不可能的任務。城市、海洋、故鄉，全都是一樣的。偶爾可能會有隱藏的一面，我們隱約猜到了，卻無法理解，它無法以言語闡釋。

貝尼斯伸手撫摸這個女人的腰部，那裡的肌肉是最無防備的。女人，最赤裸的活生生的肉體，也是閃爍著最溫柔光澤的肉體。他想到她那生氣蓬勃、溫暖，充滿神祕的生命，宛如太陽，宛如一股內在的熱力，溫暖著他的心。對貝尼斯而言，她既不溫柔也不美麗，但她溫暖熱情，是一顆跳動的心，是活力的泉源，與他是如此的不同。他，是封閉在這副身軀裡的。

他想到心中曾經對她產生的肉慾狂喜，現在，那狂喜已經在體內發酸，像隻受到驚嚇的小鳥，不斷地拍著翅膀，然後死去……

現在，天漸漸亮了。喔，女人，五體交纏的雲雨之後，男人的慾望平息，便被拋至冰冷星辰之中。心境的變化如此之快……渡過慾望，渡過愛戀，橫過火熱之川。現在，純淨、冷漠、脫離了肉體，人們站上船艦之首，航向大海。

14.

這間整齊的沙龍就像一個碼頭。貝尼斯，在巴黎，打發著發車前的荒蕪時刻。他前額貼著玻璃窗，看著人群穿流。這條河將他隔得遠遠地。每個人自成一個計畫，匆忙進展。事情的發展和停滯都已與他無關。這個女人從這裡經過，僅僅走了十步，旋即走出了時間之外。這群人是讓你流淚、讓你笑的活生生素材，如今這群人在這裡，跟已死的那群沒有兩樣。

PART 3

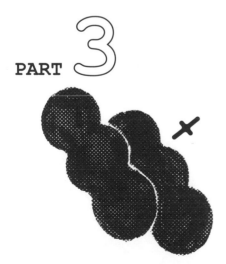

1.

歐洲和非洲隔著稍許時差，已準備著相繼落入黑夜，只剩零星幾處仍泡在白日的暴風雨中。格拉納達的暴風雨逐漸平息，馬拉加那裡的雲系結構鬆散只剩雨水。某些角落則殘留幾股陣風，頑強地勾著樹枝，眷戀著幾捲髮絲不放。

土魯斯、巴塞隆納、亞利坎提急急送走郵件後，各地整理好裝備，叫回飛機、關好機庫。馬拉加以為飛機白天就會到，所以沒有預備燈火。反正，他不打算降落。他要繼續飛，大概是在極低空飛行的狀態下，飛往丹吉爾。今天還是一樣，得單靠著羅盤，在看不到非洲海岸線的情況下，以二十公尺的低空飛越海峽。西風呼嘯，硬是在海面鑿出一片低窪。吹散的海浪變成白色浪花。所有的船都已經拋下船錨，船首迎風，螺絲卯釘奮力抵抗強風，宛如仍在海面破浪前行。直布羅陀巨岩[24]在東邊挖出一道凹槽，大雨傾盆滾落其中。西邊的雲層往上飄升了一層樓。海的另一側，丹吉爾在嚎啕呼嘯的暴雨中冒著煙，大雨洗刷了整座城。遠遠的天際，滿滿的積雲。然而，拉臘什[25]附近的天空，卻萬里無雲。

卡薩布蘭加烏雲密佈。大批風帆標示出了碼頭之所在，就像剛結束了一場戰役。暴風雨劇烈翻攪的海面，不見任何風帆，只有如展開的扇面上慣見的整齊規律傘骨紋理。田野似乎綠得更鮮明，在夕陽的映照下，深深如水。城市裡東一片，西一塊，濕漉漉的地方閃著晶光。放置發電機組的小木棚裡，機電工們，無所事事地等著。阿加迪爾那裡的機電工人大概還在城裡吃晚飯吧，因為那裡離抵達的時間還有四個

24 rocher anglais：位於英屬直布羅陀境內的巨型石灰岩，北臨西班牙邊境，咸認為是西方神話當中的兩座海格力斯之柱之一。

25 Larache：摩洛哥港口。

小時之久。而在艾提安港、聖路易[26]和達卡的工人們還能睡一下。

晚上八點，馬拉加發來無線電報：

郵航機飛過沒有降落。

於是卡薩布蘭加開始忙著測試燈光。跑道的成排照明定向燈，紅色燈光在夜色中勾勒出一片長方形黑塊。這一邊，那一側，少了一兩盞燈，像是缺了幾顆牙。接著是第二根開關拉下，照明大燈頓時點亮。光芒宣洩，往機場腹地中央灌出了一池的牛奶色澤。這音樂廳只缺演員了。

眾人移來一台反射鏡。沒有接收到光線的黑黑鏡面掛在一棵濕淋淋的大樹上。它先是像一顆水晶，只反射了極少許的光。接著，一間白色的小木棚愈變愈大，暗影轉來轉去，然後木棚消失。終於，光暈再度向下，找到了它應該出現的位置，再次替飛機鋪好一床白色的床褥。

「好了，」指揮官說：「關掉。」

他回到辦公室，參閱完最後一批文件，然後心不在焉地望著電話。拉巴特[27]的電話很快就來了。一切準備就緒。機械技工或坐在黏皮桶上，或坐在木條板箱上。

阿加迪爾完全沒了頭緒。根據他們的計算，郵航機早就該離開卡薩布蘭加了。大夥痴痴地望著天空尋找它的蹤影。金星至少有十次被當成是飛機燈了，還有北極星也是，誰叫飛機正好是從北方飛來呢。大夥等著，準備隨時點亮探照燈，等著天上點點的星光多出一點，等著看那個茫然晃蕩的光點，在星空中找不到自己的位置。

26 Saint-Louis：塞內加爾西北城市。
27 Rabat：摩洛哥首都。

卡薩布蘭加的機場區指揮官很是迷惑。等會兒他該下令讓飛機啟航嗎？他擔心南方那片白霧，或許霧茫茫的天氣會一直延伸到農河區[28]，甚至到了朱比岬，儘管已經連番發出幾封無線電報，朱比岬那邊卻仍是悄無聲息。總不能讓「法美航空」班機在黑夜裡升空，一頭栽進棉花裡！還有那個撒哈拉站，幹嘛一直搞神祕。

地處世界末端的朱比岬，像一艘遇難船隻，連連拋出焦急的信號：

請告知郵航機消息，請告知……

西斯內羅斯不斷地發出類似詢問，我們快被煩死了，完全沒有人想要回覆。就這樣，遠在千里之外的城市，送來一個又一個的夜間疲勞轟炸，無謂的垂詢。

晚上八點五十分，一切稍稍平靜了些。卡薩布蘭加和阿加迪爾通上電話了。至於無線電，終於又連通了。卡薩布蘭加那邊陳述了事情的經過，傳過來的每一個字都如實地轉傳到了達卡：

郵航機將於晚間十點出發，飛往阿加迪爾。

阿加迪爾呼叫朱比岬：郵航機預計凌晨三十分抵達阿加迪爾，完畢。可以繼續飛，經過你們那邊嗎？

朱比岬呼叫阿加迪爾：有霧。等天亮。

朱比岬呼叫西斯內羅斯、艾提安港、達卡：郵航機在阿加迪爾過夜。

抵達卡薩布蘭加的飛行員在幾張紙上簽了名。在燈光的照耀下，他的雙眼眨個不停。才幾分鐘前，他放眼望去，只

28 l'oued Noun，摩洛哥中部一區。

能看見極少數的東西。貝尼斯有時候應該會覺得自己很幸運吧，能夠靠著破碎的白色浪花，還有水與地的交接界線來指引方向。現在，他人在辦公室裡，入目處盡是檔案夾、空白紙張和厚重的家具。這是一個堆滿了東西的世界，物質的給予慷慨大方。港口的海灣，則是被夜清空的世界。

他臉頰通紅，這是頂著十個鐘頭的強風吹襲下的結果。頭髮淌著滴滴水珠。他從夜裡走來，頑強地眨著眼，像一個走出地洞的下水道工人，厚重靴子，皮衣，和一頭濕黏的頭髮。他中斷手邊的動作：

「呃……你們要我繼續飛嗎？」

機場區指揮官暴躁地一把抱起卷宗。

「我們叫你怎麼做，你照做就是了。」

機場區指揮官已經知道自己不會強行要求今晚一定要飛，但飛行員自己知道他會請求起飛。雙方都想證明自己是下決定的唯一判官。

「蒙住我的眼睛，把我鎖進櫃子裡，在我面前擺一個節流閥槓桿，然後要我把這台舊飛機飛到阿加迪爾——你們就是想這樣幹嘛！」

他內心有太多的想法，以至於根本從未想過自己會發生意外：那些想法鑽進空蕩蕩的心，但是那個櫃子的畫面卻讓他感到很滿意。總有超出能力範圍之外的事……儘管如此，他還是有能力完成任務。

機場區指揮官打開門，將手上的菸往黑漆漆的夜裡扔去。

「瞧！我們看得到一些……」

「什麼？」

「星星。」

飛行員有些惱怒。

「我管你什麼星星！是看得到三顆星星。你又不是要叫我上火星，是要去阿加迪爾。」

「月亮一個小時後會出來。」

「月亮……月亮……」

說到月亮，更是令他火大，難道他要等月亮出來後，才有辦法在夜間飛行嗎？他又不是初學者？

「好吧。就這麼決定了。好！我就再等一會兒吧。」

飛行員平靜下來，拆開昨天傍晚打包的三明治，慢慢地咀嚼。他二十分鐘後出發。機場區指揮官笑了。他輕輕敲打著電話，他知道自己老早就該下令讓飛機起飛了。

現在，一切準備就緒，剛好有個無風無雨的空檔。時間偶爾會像這樣停止不前。飛行員坐在椅子上微微俯身向前，一動也不動，兩隻沾滿黑色機油的手放在腿上。眼睛緊盯著牆面和他之間的某個點。機場區指揮官斜身歪坐著，嘴唇半張，似乎在等待一個祕密信號。速記員打著哈欠，手腕倚著下巴，感覺逐漸萌生的睡意，逐漸慢慢地匯聚成一大片。沙漏肯定打翻了。然後，遙遠的一聲高喊，宛如大拇指按下按鈕，啟動整個機關。機場區指揮官舉起手。飛行員笑了，挺直了身子，深吸一口氣，將新鮮的空氣灌進胸腔。

「啊！別了。」

就這樣，有時候，一部片子演到這裡便斷了。一切靜止不動，就像人昏厥了一般，每一秒鐘似乎變得更嚴重，然後生命又重新開始。

首先，他覺得自己不像在升空，而像是被關進一個寒冷潮濕的洞窟裡，慘遭引擎轟隆與海浪呼嘯聲的毒打。然後，感覺肩上輕鬆許多。白天裡，山丘的弧線、海灣的線條和蔚藍的天空打造出了一個可以讓你容身的世界，但是他置身於一切之外，置身在一個正在生成的世界裡，那個元素還是混沌交融的世界。平原逐漸瑟縮，帶走最後幾座城市，馬扎岡[29]、薩非[30]、莫加多爾[31]，這些城如彩繪玻璃窗，在底下

29 Mazagan：今名傑迪代（El Jadida），摩洛哥西部濱大西洋城市。
30 Safi：摩洛哥西北方城市。
31 Mogador：今名索維拉（Essaouir），摩洛哥西部濱大西洋城市。

照亮逐漸縮小的平地。然後，是最後幾處農家燈火，地表邊緣最後的幾點燈火。然後，就什麼都看不見了。

「好啦！我又回到這惱人的鬼地方了。」

時時關注坡度儀和高度計，他讓飛機高度下降一些，脫離雲層束縛。一個紅色小燈泡微微閃爍，弄得他眼花。他索性把它關了。

「行了，脫身了，但我什麼都看不見。」

地圖上標示的那座最先要飛越的山峰，在兩層水幕之間，不見蹤影，安靜無聲，像是漂流洋面的冰山。他肩膀撞了一下，隱約猜到山在哪裡了。

「完了，情況不妙。」

他轉過身。那名機械技工，也是機上唯一的乘客，腿上放著手電筒，正在看書。在佈滿凌亂陰影的機身，他低著的頭是裡面唯一醒目的光點。那顆頭感覺很詭異，彷彿裡面有只燈籠似的亮著光。他大叫：「喂！」但是他的聲音被淹沒了。他舉起拳頭敲打白鐵機身，男人從手電筒的光線中抽離，但手上還是拿著那本書。當他抬頭翻頁時，可以看見他臉上滿是驚恐。「喂！」貝尼斯再次大聲叫他，但似乎無法喚起他的注意，這個距離他兩臂之遙的男人。他放棄與他溝通，轉身面向前方。

「我應該離阿加迪爾的基爾峽（cap Guir）不遠了，如果我能找到就好了……但，情況非常不妙。」

他思考著。

「我應該是飛得有點太偏向海面了。」

他按照羅盤上的方位矯正航線。他有種被推往海那一邊的詭異感，也就是被往右手邊拋過去，就像騎在一隻膽怯的馬上，左側有著連綿的群山脈將他推向另一邊。

「應該要下雨了。」

他張開緊繃的手掌。

「二十分鐘後，我應該就能回到海岸邊，那邊是平原，風險就小多了……」

但，突然之間，一切變得明亮清晰！飛出雲層之後，滿天星斗如同被洗過了一般，煥然一新。月亮……月亮，喔，最明亮的一盞燈！比阿加迪爾地面的亮度高了三倍之多，就像一張燈火通明的海報。

「我才不需要燈光！我有月亮！」

2.

朱比岬的白晝拉開了布幕，我發現舞台上空蕩蕩的。佈景沒有一絲陰影，也沒有更深的廣景。連綿沙丘依舊在那裡，西班牙堡壘，這片沙漠。就算是天氣靜好，仍缺乏草原和大海上變化萬千的細微動靜。游牧民族的帆布篷車隊緩慢前進，他們盯著這幕空乏舞台上的沙粒變化，入夜後，他們便搭起帳篷。我本想從最微小的移動中感覺這片沙漠的遼闊無垠，但這亙古不變的景色圈限了人的想法，就像一張蹩腳的彩色畫片。

這座井與三百公里外的另一座井相呼應。外表看似同樣的井，同樣的沙，地面的皺褶紋理也相同。但在那邊，東西的質地卻是新的。一如每秒不斷更新的海上泡沫。到了第二座井時，我才會感到自己的孤單，然後到了下一座井，異教徒反叛區的神祕感才變得真實起來。

白日炎炎，一日無事。這是天文學家所謂的太陽系運轉。這是地球的腹部剛好對準太陽的幾個小時。在這裡，字彙慢慢地無法保證我們還具有身為人的人性。字彙能留得住的只有沙子。最具分量的字彙，好比「溫暖」、「愛情」在我們心裡也不再具有任何重量。

飛機清晨五點從阿加迪爾出發，早該降落了。

「五點從阿加迪爾出發，他早該到了。」

「對，老兄，你說得對……但是颳著西南風啊。」

天空黃澄澄的。這風呼嘯著，將在幾個小時後翻新重塑這片沙漠，這片連著幾個月來，都由北風主導塑造的沙漠。混亂的日子：沙丘，一端被捲起，拉出一綹綹長長的沙塵，每座沙丘就像是被拉開的毛線圈，飛到更遠一點的地方後，再度捲成線團。

靜心細聽風的聲音，竟與海如此相似。

郵航機在回航途中，在阿加迪爾與朱比岬之間的航段上，在未曾有人探索過的異教徒反叛區上空，有飛行員同志不知身在何處。再過一會兒，在我們的天空中，好像將會出現一個靜止不動的跡兆。

「五點從阿加迪爾出發……」

眾人心中隱約有些不祥的預感。郵航機故障，那將是一場無止境的漫長等待；聲量稍高，就會一觸即發的火爆爭論。然後時間變得無限遼闊，人們的各種小動作，沒有下文的話語……怎樣都無法填滿它。

突然，有人重重一拳搥向桌面。一句「老天！已經十點了……」這話讓所有人豎耳心驚，說話的是一名摩爾人夥伴。

無線電報接線生忙著與拉斯帕爾馬斯[32]聯繫。柴油引擎隆隆轟鳴。交流電發電機嗞嗞作響，活像台渦輪機。他，雙眼緊盯著每一次放電都在大聲控訴的電流表。

我站著等。只露出側身的接線生朝我伸出左手，右手仍忙著操作。然後，他對我大叫：「什麼事？」

我一句話都沒說。二十秒後。他又大喊了句什麼，但我聽不見，我示意：「喔，是嗎？」我身旁的一切全閃著亮光，一道日光從微啟的木頭百葉窗縫間照射進來。柴油引擎的傳動桿泛著濕濕的水光，翻攪著這束光線。

接線生終於整個人正面望著我，他脫下頭上的耳機。引擎噗的一聲，然後停止運轉。我聽著最後幾個字：接線生見我默不做聲，有些詫異，於是他提高音量，彷彿我離他有百公尺之遙：

「……根本不在乎！」

「誰？」

「他們。」

「啊！是喔？你連得上阿加迪爾嗎？」

「還不到再次連線的時間。」

「還是請你試試看。」

我在記事本上草草地寫了幾個字：

郵航機尚未抵達。請確認起飛時間是否延誤及起飛時間。完畢。

「把這個發給他們。」

「好吧。我來呼叫他們。」

又是一陣機器轟鳴。

「怎麼樣？」

「……得得。」

我心不在焉，思緒飄散：他剛剛是要說：「等等」吧。

32 Las Palmas：西班牙城市，位於大西洋的加納利群島。

這架郵航機的駕駛是誰？是你嗎，雅克・貝尼斯，你就這樣消失於空間和時間之外？

接線生叫小組人員不要說話，說著插上連接器，復又戴上耳機。他手上的鉛筆敲打桌面，看著時間，然後打了個哈欠。

「不通，怎麼回事？」

「我怎麼知道！」

「對。啊……沒有回應。阿加迪爾沒聽到呼叫。」

「你可以再試一次嗎？」

「我再試一次。」

引擎重新啟動。

阿加迪爾沉默依舊。現在，我們在搜尋它的聲音。如果它是在跟另一個基地通話，我們能聽得見他們的對話。

我坐下。無聊地抓起一個耳機，立即墜入一片宛如鳥鳴嘰喳的嘈雜音響中。

延長的、縮短的、過於急促的各種顫音，我無法清楚解讀這些話語，在這一片我以為寂寥的天空中，究竟是有多少聲音迴盪其中啊。

有三個基地在通話。其中一個沉默著，另一個似乎也不甘示弱地不想講話。

「那個？那是波爾多基地，自動上線的。」尖銳、急促而遙遠的過場話後，一個比較嚴肅、比較緩慢的聲音出現：

「還有那是哪裡傳來的？」

「達卡。」

遺憾的口吻。那個聲音先是停了一下，然後重新開始，之後再度停頓，然後又重新開始。

「……巴塞隆納呼叫了倫敦，倫敦沒有回應。」

聖阿西斯[33]在某個遙遠的地方，正竊竊私語談論著某些

33 Sainte-Assise：為法國廣播公司所在地，該公司是法國無線電報公司的分屬機構，設有甚低頻無線電發報設備。

事。

大夥相約撒哈拉！整個歐洲匯集於此，交換私底下的想法，嘰嘰喳喳。

附近響起一陣轟隆。斷路器逼得所有嘰嘰喳喳頓時化為沉默。

「阿加迪爾嗎？」

「是阿加迪爾。」

接線生雙眼依舊緊盯著指針，我搞不清楚為什麼，他開口呼叫。

「他聽到了？」

「沒有。不過，他在跟卡薩布蘭加通話，我們等一下就會知道了。」

我們鬼祟地企圖攔截天使的祕密。鉛筆筆尖猶豫著，然後倒下，終於開始疾馳，畫出一個字母，然後兩個，然後十個。如是拼湊出字，然後字彷彿開始破殼孵出。

「給卡薩布蘭加……」

混蛋！特內里費島[34]打亂了我們跟阿加迪爾的連線！它巨大的聲音估據整個耳機。聲音突然中斷。

「……六點三十分降落……再度啟飛。」

特內里費島這個不速之客，再次打亂了我們的連線。不過，我已經知道的夠多了。六點三十分郵航機回到阿加迪爾——那麼它應該七點就重新上路了……沒有延遲。

「謝謝！」

34 Ténériffe：西班牙大西洋加納利群島中最大的島。

3.

雅克・貝尼斯，這一次，在你抵達之前，我要讓大家瞧清楚你是誰。你，打從昨兒起，根據無線電的精準定位，然後按照規劃時程，你將在這裡停留二十分鐘，到時候，我會為你開一罐罐頭，開一瓶酒，隨意地說天道地，不碰愛情，不論生死，不談真正的問題，只聊風向，天空的狀態，和你的引擎。你將幽默地笑談某位機械技工，抱怨天氣熱，表現得就像我們當中的任何一個……

我將說你這一趟飛得真是了不得。你是怎麼看穿事物的表象的，為什麼走在我們身旁的你，步履老是與我們不同？

我們從小一起長大，如今我的腦海，突然浮現了記憶中的那堵頹圮老牆。牆上爬滿了常春藤，蜥蜴在樹葉間窸窣穿梭，我們都把蜥蜴叫成蛇，當時我們就已經很喜歡這種逃脫的感覺，那正是死亡的意象。這邊的石頭每一塊都熱熱的，宛如正在孵化的蛋，圓圓的也像一顆蛋。每一塊地，每一根小樹枝都被這太陽抽乾了所有的神祕。在牆的這一邊，萬物豐饒，牛機飽滿，那是鄉村的盛夏。我們瞥見一座鐘。我們聽見打穀機的聲響。天空的湛藍色彩填滿了所有的隙縫。農民割麥，神父在他的葡萄園噴殺蟲劑，父母長輩在客廳玩橋牌。我們一一點名哪些人窩在世界的這個角落裡已超過六十年之久，那些人從出生到死亡，拿這個太陽、這些小麥、這個居所當成落腳寄居之處。我們把眼前那些世代的人稱為「警衛隊」。因為我們喜歡到最危險的小島上發現自我，在凶險的兩大洋之間，在過去與未來之間。

「轉動鑰匙……」

大人禁止小孩打開這道綠色小門，那是一種破舊小屋的斑駁綠色；禁止小孩碰觸這顆碩大的門鎖，上頭佈滿了時間的鐵鏽，就像沉在海底的破舊鐵錨。

他們大概是怕我們接近這片露天的蓄水塘，擔心孩子會落水溺斃吧。門後是一方深深沉睡的水，我們推測這水大概千年來都沒有動過，每次有人提到死水時，我們第一個想到的就是這裡。細小的渾圓葉片在水面上織出一片綠毯：我們往水裡扔石頭，弄出一個一個的洞。

在這些古老蓊鬱的交疊枝條之下，沁涼愜意，它們攬下承載陽光的重擔。不讓任何一道陽光弄黃了石堤上的這片青嫩草地，不讓陽光照射到這塊珍稀布料。我們扔進水裡的石頭會開始像天上星辰般的運轉，因為，我們認為，這片水根本沒有底。

「我們坐下吧……」周遭一片靜寂。我們品嚐這份沁涼，這芬芳，這濕氣，渾身肌肉彷彿重獲生機。我們迷失在世界的盡頭，因為我們已經知道旅行的重點在於轉換環境，讓自己煥然一新。

「這裡是萬物的反面……」

這個夏日的反面是如此的自信滿滿，堅信這個夏天、這片鄉野、這些臉孔能將我們監禁在此。而我們憎恨這個強加諸於我們身上的世界。晚餐時刻，我們回到家中，內心充滿重重祕密，就像潛入印度洋搜尋珍珠的潛水員。當太陽遁入水面，大地一片粉紅之際，我們聽見了令我們感到難受的字眼。

「白天變長了……」

我們覺得又被這老掉牙的陳腔濫調給抓了回來，被這四季更迭一成不變的日子、被假期、被婚禮、被死亡給圈限了。一切表面上的無謂的生機騷動。

逃出圈囿，是我們最重要的事。十歲的時候，我們在閣樓的橫梁間找到了避風港。死掉的小鳥、破洞的舊皮箱、奇特誇張的衣服，有點像是人生劇場的後台。還有那個我們聲稱被人藏起來的寶藏，深埋古老大宅裡的寶藏，就像童話故事裡描述的那樣：裡面有藍寶石、蛋白石、鑽石。這個寶藏閃耀著微弱光芒。它們是這裡的每一堵牆、每一根梁存在的理由。這些碩大的橫梁保護我們，不受深知四季更迭意義的上帝所宰制。是的。不受時間的宰制。因為，我們的家才是最大的敵人。在家裡，人們用傳統來保護自己。用崇拜過去，用碩大的橫梁來保衛自己。但是，只有我們知道這個家其實是條乘風破浪的船。只有我們曾探索造訪了底艙、甲板，只有我們知道水從何處滲流入內。我們清楚地知道屋頂哪些地方有破洞，小鳥得以鑽進來，安靜地迎接死亡。我們認識每一隻在橫梁爬上爬下的蜥蜴。樓下，在各廳室內，賓客們高談闊論，美麗的婦女跳著舞。多麼欺人耳目的安穩表象！下面多半還提供酒類飲料。一身黑衣的侍者，雙手戴著白手套。喔，這些人生過客！而我們，我們在樓上，看著深藍夜色從屋頂破損處滲入屋內。這個小孔洞剛好容得下讓一顆星星掉落在我們身上，整片蒼穹在我們眼前逐漸清晰。是星星讓人生病。於是，我們轉身離去。是星星帶走人的生命。

我們不禁感到駭然。自然萬物的黑暗運作。寶藏會讓橫梁斷裂。每一次喀嚓聲響起，我們便察看木頭。其實不過就像是豆莢迸裂，噴出裡頭的豆子罷了。我們這樣深信著，在萬物的古老外殼之下，藏著別的東西。難道就是這顆星，這顆堅硬的小小鑽石。總有一天，我們將啟程往北或往南，或者就在我們心底想像著這樣一趟旅程，探尋它的蹤跡。逃出去。

讓人昏昏欲睡的星星，掀開那片蓋住它們的深灰夜幕，亮晶晶的宛如一個跡兆。我們走下樓，回到自己的房間，展開半夢半醒間的偉大旅程，帶著這個大發現，一個祕境，在那裡，神祕的石頭落水後永遠觸不到底，就像光線的觸角沒入深沉宇宙，花費千載光年才能到達我們這裡一樣；那裡，風一吹拂屋子便嘎吱作響，其危險程度不下一艘船，那裡的東西，在寶藏暗地施展的沉重推擠力道下，一個接著一個，瓦解。

「坐下來吧。我以為你飛機故障了。來，喝一點。我以為你迫降在沙漠中，正想去找你。你看，飛機已經在跑道上準備好了。艾伊—土薩族（Ait-Toussa）和以薩根族（Izarguin）打起來了，我以為你掉進了這混戰裡，害我擔心得不得了。喝一點。你想吃什麼？」

「我得走了。」

「你還有五分鐘的時間。看著我，你跟珍妮薇之間發生了什麼事？你笑什麼？」

「啊！沒什麼。剛剛在駕駛艙裡，我想起了一首老歌。瞬間覺得自己年輕許多……」

「那珍妮薇呢？」

「我不知道。我得走了。」

「雅克……回答我……你有再見到她嗎？」

「有……」他遲疑了一下。「南下回土魯斯時，我特意繞了個彎，過去看她……」

雅克．貝尼斯跟我說了他的奇妙旅程。

4.

那不是外省鄉下的小火車站，而是一扇敞開的大門。表面上，它看似通往鄉間。在一名悠閒自若的查票員的注目下，人們踏進毫無神祕感的小徑，或一條溪流，或薔薇花叢。車站站長費心照料著這些玫瑰，一名站務人員則假裝忙著推一台空的推車。這三名來自祕密世界的守衛，偽裝成站務人員監視著一切。

查票員手指輕敲車票。

「你的票是從巴黎到土魯斯的，為什麼在這一站下車？」

「我會搭下一班車繼續下面的旅程。」

查票員盯著票。他躊躇著不知是否該放行，不是放他進入這條小徑、溪流或薔薇花叢，而是那個自從梅林之後，人們便知道必須在事物表面底下尋找才得以進入的國度。最後，他應該是在貝尼斯的臉上看到了自奧菲斯（Orphée）以來，任何展開這些旅程之人必備的三項美德：勇氣、青春、愛情……

「過去吧。」他說。

快車呼嘯而過，熱氣燃燒著這座火車站，它在這裡就像隱蔽的小酒吧，裡面請了一些假扮的侍者、假扮的樂師、假扮的調酒師，一切都不過是個障眼法罷了。貝尼斯已經坐上公車，他覺得自己的人生步調變慢了，人生的方向改變了。現在的他，人在這輛鄉下篷車上，身旁是一位農夫，他似乎與我們離得更遠了。他陷入神祕之中。那名男士大約三十出頭，臉上滿滿的皺紋，好像歲月再也無法在這張臉上刻劃更多的痕跡。

「你看，長得很快啊！」

麥田迎向陽光，金黃色的波浪閃爍著耀眼的光芒。

這時農夫指著一堵牆說：「這牆是我祖父的祖父砌的。」

這卻讓貝尼斯感覺更遙遠、更不安、更悲慘了。

他摸到了一堵永恆之牆，一棵永恆之樹，他心想他應該已經到了。

「就是這裡了。要我等你嗎？」

恍惚中，他進入沉睡在水底的傳說國度中，就在這一小時內，貝尼斯彷彿通過時光隧道，穿越了百年前的時空中。

就是那個晚上，破篷車，鄉下公車，快車一路曲折交替，實現了他的出逃願望，帶領我們走進了自奧菲斯以降，自睡美人以來流傳的那個神話國度。他看似跟其他的旅行者沒有兩樣，前往目的地土魯斯，白皙的臉頰貼著車窗玻璃。但在他的內心深處藏著一段不能訴說的記憶，「月亮的顏色」、「時間的顏色」。

奇異的旅程：沒有任何聲響，沒有任何驚異。路面回報以悶悶的腳步聲。他像以前一樣，一躍跳過矮籬：小路上的草長高了……啊！這是唯一的不同之處。林間的那棟房子在他眼裡潔白如雪，只是不太真實，彷彿前面橫著無可跨越的距離。即將抵達目的地之時，他不禁要想，這難道是幻象？他踏上門前的寬闊石階。一股必須去做，與堅信行進路線沒有錯的從容感油然而生。

「這裡的東西通通都是真實的……」前廳幽暗，一張椅子上擺著一頂白色帽子，是她的嗎？多溫馨的凌亂！被拋下的凌亂，但卻是充滿智慧的凌亂，點出了某人在這裡真實的存在。這裡還留有活動的痕跡。一張椅子微微地往後挪開了一點，因為有人剛剛用手撐著桌面站起來：他可以清楚地看到那人的那個動作。一本翻開的書——誰剛剛從這裡離開？為什麼離開？最後一行文字或許還在那人的腦海輕吟迴盪。

貝尼斯笑了，想到屋裡進行的千百個小事件，千百件小忙亂。整個白天，人們在屋內走動，來粉飾妝點屋內，整理同樣的凌亂。這裡的亂糟糟是如此的無關緊要：只要是一名旅行者，一名陌生人看了，都只會一笑置之……

「儘管如此，」他心想，「夜即將來臨，每一個夜晚都是一個循環。明天……生命將再次甦醒，展開新的生活。此刻，我們走向薄暮，我們已不需再憂慮，可以好好休息。拉上百葉窗，將書本排列整齊，準備好爐火。這份循環而來的休憩，似乎可以持續到永恆了。但我的夜晚卻非如此，比停火休兵的時間還短……」

他悄然無聲地坐下。他不敢高聲自報身分：一切似乎是如此的平靜，如此的無關緊要。一抹陽光從仔細拉下的百葉窗底下鑽進來。「一條縫隙，」貝尼斯想：「這裡，果然是寒盡不知年……」

「我來這裡是想知道什麼？」隔壁房間的腳步聲讓屋內頓時有了生氣。閒適自若的腳步。修女上前整理祭台花束的腳步。「有多少瑣屑小事得完成？我的人生像一部悲喜劇般緊湊。這裡，每個行動，每個念頭之間，有的是空間，有的是空氣……」他靠近窗邊，瞭望鄉野。鄉間大地在陽光下無盡綿延，長長的鄉間小路等著旅人前來徜徉，前來唸禱，前來狩獵，前來讀一封信。遠遠地，傳來打穀機的轟隆。他傾耳細聽。一位演員的聲音太小了，整場觀眾為之氣悶。

腳步聲再次響起：「有人在整理裝飾擺件，這些小玩意逐漸擺滿櫥窗。每一個世紀退場，都在身後留下這些貝殼……」

有人說話，貝尼斯留神聆聽：

「你覺得她撐得過這個禮拜？醫生都……」

腳步聲逐漸遠離。他驚異得說不出話來。是誰撐不過去？他的心一陣揪緊。他緊急回想之前看到的，所有她還在人世的跡象，白色的帽子、翻開的書本……

人聲再現。聲音裡滿滿的愛，而且是如此的平靜。他們深知死亡的陰影已經進駐屋內，他們只是別開臉不去看它，悄悄地接納了它。沒有什麼比這更做作的了：「這一切多簡單，」貝尼斯想，「活著、整理小擺飾、然後死去……」

「你採了花，是要放在客廳嗎？」

「是的。」

聲音微弱，悶悶的，語氣透著不在乎。人們談著千百種細碎瑣事，逼近的死神只消撒上慘灰，就能讓他們黯淡消逝。一陣笑語如珠，隨即自行消失。虛有其表的假笑，卻無礙戲劇化的莊嚴。

「不要上樓，」那個聲音說，「她睡了。」

擔心安危的那層親密關係一經表露，貝尼斯就坐進了悲痛的正中心帶。他害怕被人發現。因為陌生人總是口無遮攔，他們會衍生另一股不亞於此的痛楚。當他抱起垂死的女人，她是那般高貴，若是有人對著他高聲喊：「你認識她，你愛過她……」此情此景，他無法承受。

然而，他有資格擁有這樣的片刻溫存。「……因為我愛過她。」

他一定要見到她。他躡手躡腳地走上樓梯，打開臥房的門。房裡是滿滿的夏日。牆面明亮，床鋪雪白。窗戶敞開，陽光灑落一地。遠處鐘響報時，鐘聲祥和、緩慢，給出了正確的心跳節奏，那顆他必須擁有，但已無熱忱的心。她睡著了。盛夏裡享福般的酣眠！

「她就要死了……」他踩著泛著蠟光的木頭地板，往前走。他無法理解自己內心竟能如此平靜。但，她喃喃呻吟著：貝尼斯不敢再往前。

他感覺有人就要過來了。病人的靈魂渙散蔓延，充滿整個房間，這個房間就像是一道傷口。人人都不敢碰到任何一件家具，不敢亂走。

沒有半點聲響。只有蒼蠅嗡嗡。遙遠的一聲呼喊，好像發生了什麼問題。一陣涼風拂來，軟綿綿的，在房內打滾。

「已經入夜了呢。」貝尼斯想。他想到人們將要拉上的木頭百葉窗，想到點亮的燈火。很快的，就是病人最恐懼的夜了，病人要闖過的關卡。夜燈閃耀，此時一切恍如幻象，那些連影子都靜止的東西，還有躺著從同樣的角度一連看了十二小時的東西，最終成功地深深刻印在腦裡，重重壓得人再也無法忍受。

「是誰在那裡？」她說。

貝尼斯靠近了一些。愛憐、疼惜一股腦全到了嘴邊。他彎下身，輕輕搖著她，將她擁入懷中，化成她的力量。

「雅克……」她定定望著他。「雅克……」從她最深的心深處呼喚著他。她沒有搜尋他的肩膀，而是在她的記憶裡搜尋著他。她緊緊抓著他的袖口，像在海面上載浮載沉的船難倖存者，但不是為了想抓住某個人，一截浮木，而是為了抓住一個畫面……她盯著……

然後，慢慢地，他覺得自己對她是愈來愈陌生了。他記不得這道皺紋，這道目光。她緊握住他的手，喊著他；他卻給不了她任何幫助。他不是她心裡認定的那個朋友。此時，她已然厭倦了他的存在，她推開他，別過頭。

他人在無法觸及的千里之外。

他悄然離去，再次穿過前廳。他剛剛從一次巨大的旅程中回來，一次五味雜陳的複雜旅程，記憶有些模糊。他感到痛苦嗎？他感到悲傷嗎？他停下腳步。暮色如海水，鑽進漏水的甲板，那些小擺飾即將滅頂。他前額貼著窗戶玻璃，看著椴樹的影子逐漸拉長、連成一片，夜覆蓋了整片草地。遠處一個村莊亮了起來。他似乎用雙手就可以捧著那微弱的光芒。他伸出手臂，他的手指似乎可以觸及那座丘陵。房子裡，人聲漸落，人們整理好房子了。他動也不動。他回想起相同的傍晚。起身時身子沉重，活像是穿著重裝潛水裝備的潛水員。那個女人光滑的臉龐逐漸閉合，突然，他害怕起來，害怕未來，害怕死亡。

他走出屋子。轉身，強烈地希望有人察覺到他的存在，有人高聲示警。果真，他的心將在悲傷與喜悅之中融化。但沒有任何事物出現擋下他。他就這樣沒有遭遇任何阻攔地隱入樹林間。他跳過矮樹籬，路程艱辛。但都結束了，他不會再回來了。

5.

貝尼斯在出發前，簡要地跟我講述了整個事情的經過：

「我試過了，你知道的，努力地試著將珍妮薇帶進我的世界。但我給她的一切，全都變得好黯淡，好灰白。第一個夜晚，那種無以名狀的沉重壓迫感。我們倆都沒有辦法衝破。我只好將她的房子、她的人生、她的靈魂都交還給她。還有一路上的那些柳樹，一株一株的都還給她。隨著巴黎愈來愈近，那片將我們與世界隔絕的沉重壓迫感逐漸減弱。這一切，好像我是要帶她潛入海底似的。後來，當我再次嘗試與她相見時，即使我能夠靠近她、撫摸她了，但我們兩人之間已沒有任何轉圜餘地。已經沒有了。我不知道該怎麼跟你說。千年的隔閡。我們跟對方的人生相距如此之遙遠。她堅持要繼續擁有她雪白的床單、她的夏天、屬於她的理所當然，我沒能帶走她。所以，我只好離開。」

現在，你要到哪兒尋找寶藏呢？你這個潛入印度洋搜尋珍珠，卻不知該如何把珍珠帶回現實世界的潛水員。我腳下踏的這片沙漠，像顆鉛塊，將我牢牢地抓住，繫在這片土地之上。我是什麼都找不到了。但是，你不一樣，你是魔法師，這片沙漠在你眼裡只是一片沙塵布幕，是一幅表象……

「雅克，時間到了，該走了。」

6.

現在的他，四肢僵痲，心神飄忽。從這麼高的地方望下去，地面彷彿是靜止的。撒哈拉沙漠的黃沙咬著湛藍的海，像是一條綿長不絕的人行道。貝尼斯身手矯健地把這片往右偏移的海岸線拉回來，斜飛回到引擎的直線上。非洲上空進行的每一次轉向，他都緩緩地讓飛機傾斜。再飛兩千公里，就到達卡了。

他的眼前，是這片人類尚未馴服的疆域反射出來的白燦光芒。偶爾，會有裸露的岩石現蹤。風掃黃沙，東一陣，西一陣，形成規律的沙丘。靜止的空氣，飛機恍如是夾雜其中的雜質。機身沒有顛簸俯仰，沒有搖晃，從這麼高的地方，底下的景物看不到絲毫動靜。強風包覆壓迫的飛機，堅持著。

艾提安港，第一個中途降落站，沒有空間的里程標誌，只有時間的指引，貝尼斯看著表。再挺過六個小時的靜止不動和悄然無聲，然後就能從飛機裡走出來，像蠶一樣的破蛹而出。新的世界。

貝尼斯看著這塊表，單靠著它居然能創造出這樣的奇蹟。接著，引擎轉速表不動了。如果表面指針放棄指出數據，如果飛機故障把人送進沙堆，時間和距離將出現新的意義，是他想都想像不出來的意義。他遨遊於四度空間裡。

然而，他領略過這種窒悶感。我們全都領略過。畫面綿綿不絕地從眼前閃過。只有那個畫面是我們唯一的枷鎖，它的沙丘、太陽、寂靜，它們真實的重量沉沉地壓著我們。一個世界在我們身上傾塌。我們如此渺小，全身上下的武裝，只有恫嚇著揮舞四肢，這樣的動作，在夜幕低垂之時，充其量也只能嚇走羚羊。或者大聲叫囂，叫喊頂多只能傳三百公尺，根本飛不到人的耳朵裡。我們全都曾在某一天摔落，掉進這個陌生的星球之上。

這裡，時間的計算度量衡變得太大，以至於無法界定我們的生活節奏。在卡薩布蘭加，我們因為工作排程的關係，時間以小時計算，我們的心隨著每個小時的推進而轉變。在飛機上，我們周遭的天候每半小時變一張臉，身體肌肉隨之變化。在沙漠，時間以星期為計算單位。

工作夥伴將我們從那裡拉回來。而且，如果我們很虛弱的話，他們會把我們抬進機艙裡；夥伴鋼鐵般的手腕會把我們從那個世界拉出來，拉回到他們的世界。

在如此多的未知之上獲得穩定平衡，貝尼斯想得出神，他對自己竟是如此的不了解。飢渴、拋棄、或摩爾部族的殘忍行徑，在他內心喚醒了什麼？就在這瞬間，艾提安港停靠站已經被拋在後頭，一個多月後再見？他又想：「我不需要任何勇氣。」

一切都還是好抽象。當一名年輕飛行員冒險嘗試連續翻轉時，傾倒在他的頭上的不是堅硬的障礙物，無論這些東西有多小，或有多靠近，都可能害他墜地，從上落下的是像在幻夢中那般會流動變化的樹和牆。加油，貝尼斯？

然而，情況並沒有如他所願，因為引擎震了一下，那個隨時可能出現的未知將取代他。

這片峽角、這片海灣，在經過一個小時的飛行後，終於連接上了非武裝中立區，螺旋槳也用盡了最後一滴氣力。但，前方地面上的每一個點都帶著神祕的危險。

還有一千公里，必須將這片地表拉近身邊。

艾提安港呼叫朱比岬：郵航機下午四點半確實抵達。

艾提安港呼叫聖路易：郵航機下午四點四十五分出發。

聖路易呼叫達卡：郵航機下午四點四十五分離開艾提安港，夜間持續飛行。

東風。撒哈拉沙漠中央颳起陣陣狂風，捲成團團黃沙風暴。太陽在灼熱白霧下顯得有些變形，白茫茫的，彷彿富有彈性。它脫離了泛著魚肚白的天際線。恍如白色肥皂的泡泡。但在爬升至蒼穹頂峰之際，變形的形體慢慢地收攏，回歸原貌，成為熾熱的箭，箭尖刺灼他的頸項。

東風。我們從艾提安港起飛時，天空一片靜好，幾乎可說是空氣清新，但是，爬升到一百公尺高時，我們就遭逢了這片熾熱熔漿。隨即：

機油溫度：一百二十度

水箱溫度：一百一十度

爬升兩千，三千公尺，這是當然！控制這場沙塵暴，這是當然！可是，想要提高仰角的五分鐘前，自動點火裝置和氣閥燒壞了。再者，爬升，說得簡單。飛機衝進了這片毫無緩衝的空氣，飛機深陷其中。

東風。我們什麼都看不見。陽光被捲進這些黃色的漩渦沙塵中。他慘白的臉即使偶爾現蹤，也只感到灼熱。大地變成垂直的，而且角度愈來愈大！我要大仰角爬升嗎？還是往下俯衝？或傾斜？天知道！距離最高飛行高度只有一百公尺。沒辦法了！下降試試。

靠近地面的低空有一條北風氣流。行了。我們將一隻手臂伸出座艙外。就這樣，宛如在一艘疾馳的獨木舟上，伸出手滑過清涼水面。

機油溫度：一百一十度

水箱溫度：九十五度

宛如河水般清涼？這只是比較。機身被迫隨地勢起伏飛舞晃動，加上漫天黃沙。什麼都看不到，這種能見度讓人抓狂。

但到了第梅里斯角（cap Timeris），東風甚至吻上了地面。此時，已經找不到任何避風之處。燒焦塑膠的氣味。永磁發電機？接合板？轉速表指針來回不定，然後往後急轉十圈。「萬一你，你遇到了麻煩……」

水箱溫度：一百一十五度

想要拉高十公尺都沒辦法。瞥一眼那些宛如彈跳床，直奔你而來的沙丘。瞄一眼氣壓表。跳了一下！是剛才碰到沙丘的後座力。飛行員可以放手不管了，持續不了多久的。要讓飛機保持平衡，就像兩手端著裝得太滿的碗一樣的戰戰兢兢。

茅利塔尼亞（Mauritanie）就在機輪底下十公尺，飛快地送上它的黃沙、它的鹽岩礦場、它的海灘；宛如鐵軌上的石礫湍急流逝。

轉速每分鐘一五〇〇

這第一次失速下墜像是給了飛行員一記重拳。前方二十公里處有一個法屬軍事據點——唯一的一個。務必抵達那裡。

水箱溫度：一百二十度

沙丘、岩石、鹽岩礦場變得清晰可見。每一樣東西都在歷經嚴峻的考驗。去吧！四周景物的線條逐漸變大，開展，再聚合。機輪貼近地面：翻覆。那邊漆黑的巨岩，一群群，緊密連結，似乎正以慢動作逐漸地靠攏，突然卻加速逼近。飛機落在群岩之上，岩石四散。

轉速每分鐘一四三〇

「萬一我死了……」他手指輕拂過一片機身，瞬間感到燒灼。這陣衝撞之後，散熱器正狂噴蒸汽。飛機，彷彿裝載過重的輕艇，沉沉吃水。

轉速每分鐘一四〇〇

濺起的最後一波黃沙被抛在離地只有二十公分的機輪後頭。飛快的一鏟又一鏟。鏟鏟金黃。衝散一片沙丘後，軍事堡壘終於現蹤。啊！貝尼斯熄掉引擎。及時趕到了。

景物的奔跑衝刺，戛然而止，四周變得一片死寂。這片沙塵天地開始重組。

撒哈拉沙漠上的小堡壘。有一名老士官長出來迎接貝尼斯，看見同胞老弟，他臉上露出欣喜的笑容。身旁有二十名塞內加爾人，個個真槍實彈。這一位白種人，至少是個士官，如果他年紀輕的話，官階可能就是中尉。

「你好，士官長！」

「啊！請進請進，見到你真是太高興了！我來自突尼西亞……」

他的童年、他的回憶、他的心聲，就這樣，全部，一股腦兒的跟貝尼斯傾吐了。

一張小桌子，牆上釘著幾張照片。

「對，這些都是親友的照片。我還不認得所有人，但明年我會回突尼西亞。這張？那是一個好朋友的女朋友。他把這張照片放在他的桌上。嘴裡三句離不了她。他死了之後，我保留了這張相片，繼續放著，我沒有女朋友。」

「我有些渴，士官長。」

「啊，請喝！我很高興請你喝葡萄酒。要是上尉，我才不請他喝。他五個月前來這裡視察。然後，當然，有好一陣子，我心情一直很鬱悶。我四處寫信申請派調：我真是太慚愧了。

「我做了些什麼？每天晚上寫信。我點著蠟燭，無法入睡。但，當每半年來一趟的郵件抵達時，回覆總不如人意。然後我又開始意志消沉。」

貝尼斯跟這位老士官爬上小堡壘的天台抽菸。月光朗朗，這片荒漠空曠得嚇人。這個堡壘在監視什麼？大概是夜空裡的星星，大概是朗朗明月吧……

「你是星星的士官長吧？」

「別客氣，抽吧，菸草我有的是。要是上尉，我才不請他抽。」

貝尼斯很快就獲悉了有關那名中尉和那名上尉的一切。士官長則是有了機會再說一次他們唯一的缺點和美德：一個愛賭，一個又太善良了。他還得知了，最近那名年輕中尉前來探訪迷失在黃沙之中的老士官的經過，幾乎像是一段愛的回憶。

「他跟我解說天上的星星……」

「是啊，」貝尼斯說，「他把星星託付給你看管了。」現在，輪到他來解說這些星星了。這位士官長在學習星星的距離時，他想到遠在天邊的突尼西亞。他信誓旦旦地說，他能夠辨識北極星的模樣。他想到突尼西亞與北極星相比，與這地方的距離是如此相近。

「我們以驚人的速度朝著它下墜……」士官長及時地扶住牆面。

「你知道的好多啊！」

「不是的，士官長。曾經有一位士官長甚至跟我說：『你，一個出身書香世家的子弟，受過良好教育，向後轉居然做得這麼差，你不覺得慚愧嗎？』」

「喔！你不用覺得慚愧，那的確很難……」

貝尼斯感到安慰。

「士官長，士官長！你的巡邏燈……」

他指向月亮。

「士官長，你聽過這首歌嗎？」

「下雨了，下雨了，牧羊女……」他輕哼旋律。

「啊，我知道這首歌。這是一首突尼西亞的歌……」

「可以告訴我下面怎麼唱嗎，士官長？我需要記起整首歌。」

「等等，我想想。

「趕著那群雪白的綿羊回家囉……

回去那裡，那間茅草房裡……」

「士官長，士官長，我想起來了！

「樹蔭下，聆聽……

大雨嘩啦啦流淌，

暴風雨已經籠罩……」

「啊，就是這樣！」士官長說。

他們心意相通……

「天亮了，士官長，該上工了。」

「上工去吧。」

「把扳手給我。」

「喔！好。」

「用鉗子壓住這裡。」

「啊！給我指令……我一定使命必達。」

「士官長，你瞧，沒問題了，我得起飛了。」

士官凝視的是一位年輕的天神，來無蹤，隨即飄然飛去。

……到此一遊，只為了讓他回想起一首歌。突尼西亞，還有他自己。這些美好的信差，無聲地落入凡間，他們是來自這片黃沙之外的哪一處天堂呢？

「別了，士官長！」

「別了……」

士官長動了動嘴唇，自己都猜不出自己想說些什麼，他不知道該如何表達，他的心裡有了六個月分的愛。

7.

塞內加爾聖路易呼叫艾提安港：郵航機未抵達聖路易，完畢。緊急傳遞消息。

艾提安港呼叫聖路易：郵航機昨天下午四點四十五分啟飛後，至今無消息，完畢。立即出動搜尋。

塞內加爾聖路易呼叫艾提安港：六三二航班今早七點二十五分離開聖路易，完畢。在它抵達艾提安港前，搜尋機暫緩起飛。

艾提安港呼叫聖路易：六三二航班下午一點四十分安全抵達，完畢。飛行員說一切正常，唯能見度較低。如果郵航機於正常的航道上，仍有尋獲之可能。完畢。需要第三名駕駛加入擴大搜尋範圍。

聖路易呼叫艾提安港：好的。我們即刻下令。

聖路易呼叫朱比岬：法美航空班機仍無消息，完畢。盡速趕赴艾提安港。

朱比岬。

一名機械技工來到我身旁。

「我將水放在前面左手邊的櫃子，食物放在右手邊的櫃子，備胎和醫藥箱放在後面的櫃子裡。十分鐘後一切準備就緒。可以嗎？」

「可以。」

工作日誌。指令如下：

「我不在的時候，要每日做工作紀錄。星期一記得付錢給摩爾人。把空桶搬上帆船。」

我雙肘倚著窗欄。每月來一次的淡水補給船，船帆在海面上輕柔晃蕩。極富詩意。為我的這片荒漠，帶來顫顫巍巍的生命，披上清新衣物。我宛如諾亞，在方舟上，看著白鴿到訪。

飛機準備妥當了。

朱比岬呼叫艾提安港：二三六航班下午兩點二十分起飛前往艾提安港。

沙漠商隊行走的路上，發現了一些殘骸，有些飛機指出那是我們公司的。「再一小時抵達波哈多角[35]發現飛機處……」摩爾人將殘骸集中堆放。路標。

飛越一千公里的黃沙後，艾提安港出現了，沙地裡的四棟建物。

「我們正在等你。趁著天還亮，我們立刻出發。一架沿著海岸線飛，另一架在離岸二十公里的內陸飛，還有一架則是離岸五十公里。太陽下山了，我們就在中途的小堡壘會合過夜。你說要換一架飛機？」

「是的。閥門凍結了。」

換機。

出發。

什麼都沒有。只是一塊深色的岩石。我繼續在這片荒漠裡忍受磨難。每個黑點都是讓我揪心的錯誤。而沙，像是深色岩石朝我奔來。

我已經看不見另外兩名同伴。他們進入了各自負責的那片天空。老鷹般的耐心。大海離開了我的視野。我懸在如一盆熾白火盆的上空，底下不見任何活物。我的心跳開始加速，遠遠的有一片殘骸……

35 Bojador：西撒哈拉北岸的海角小鎮，實際由摩洛哥控制。

暗黑色的岩塊。

我的引擎，轟隆噪音如河水般不止。川流不息的轟鳴包裹著我，消耗著我。

貝尼斯，我經常看見你蹲伏在你說不清楚的希望面前。我不知道該如何形容。腦裡只想得到你最喜歡的尼采所說的話：「我炎熱、短暫、哀愁又快樂的夏季。」

我的眼睛因過度張望搜尋而疲勞。黑色的點點四處飛舞。我已經不知道我該往哪裡去了。

「所以，士官長，你見過他囉？」

「他一大早就飛走了……」

我們坐在小堡壘的牆角上。塞內加爾人笑著，士官長陷入沉思。燦亮卻無用的黃昏。

我們當中有一人大膽臆測：「萬一飛機……墜毀了……你知道的……幾乎就沒有什麼希望！」

「的確。」

其中一位站起身，走了幾步：「情況很不妙。來根菸嗎？」

我們沒入黑暗：動物、人和事物。

我們沒入黑暗，只剩一根菸頭的火點，世界重新回到它真實的空間維度。沙漠商隊長途跋涉抵達艾提安港，添了人間年歲。塞內加爾的聖路易是夢幻的盡頭。這荒漠，剛剛只不過是一片毫無神祕可言的黃沙。四周寂靜、孤獨，一切都是虛空。但，一隻鬣狗的嚎叫聲劃破整片沙漠，喚醒了生命，某些東西誕生，疾走，重新開始……

星星成了我們的領航員。平靜的生活、堅貞的愛情，我們以為自己最珍惜的朋友，再一次地，北極星為我們照亮這道路，將它們的位置標註出來……

但，南十字星點亮了寶藏。

凌晨約莫三點，我們身上的羊毛毯似乎變薄了，變得清透，這是月光的魔法。我全身冰冷的醒來。走上堡壘的天台抽菸。香菸一根又一根……就這樣等到天光微露。

月光下的這個小軍事站是平靜水域的一方港灣。加上天上繁星的定位指引，飛航者可高整無憂了。我們三人飛機上的羅盤指針都乖乖地指著北方。然而……

你在現實世界的最後足跡，真的曾踏到這裡嗎？這裡，情感世界的盡頭。這塊小堡壘，一方碼頭。一道通往虛實魔幻的月光開敞著門檻。

夜好美。雅克．貝尼斯，你在哪裡？或許是這裡，或許那裡？多麼飄忽的存在！我的周圍，這片負載極少生命的撒哈拉荒漠，幾乎只有能零散地，隱約察覺到那麼一絲羚羊的躍動，在最沉重的那條皺褶上，隱約托著一個輕靈的孩子。

士官長走到我身邊。「你好，先生。」

「你好，士官長。」

他凝神細聽。什麼都沒有。死寂，貝尼斯安靜著。

「來根菸嗎？」

「好……」

士官長嚼著他的菸。

「士官長，明天我一定要找到我的同伴。你認為他會在哪裡？」

士官長自信滿滿的，指向整片天際……

一個迷失的孩子充斥在整片荒漠之上。

貝尼斯，一天，你向我坦誠：「我曾經深愛過一種我沒有深切領悟的人生，一種不是完全忠實的人生。我甚至不知道當時自己需要什麼：那是一種飄渺的極度渴望……」

貝尼斯，你曾說：「我隱約揣測的東西，隱藏在一切事物的背後。我依稀覺得只要再加把勁，我就能夠弄清楚那是什麼，認出它然後帶走它。而如今我只能帶著這如朋友般，卻永遠無法看清的存在，疑惑不安地離開……」

我覺得他像一艘擱淺的船。我覺得他像安靜下來的孩子。我覺得船帆、桅竿與希望的震動風鳴沒入了大海。

黎明。摩爾人嘶啞吼叫。歸埠的駱駝累極。這群悄悄從北南下的匪幫，擁有三百枝槍火，隨時會在東邊竄出，擄掠屠殺行經的商隊。

要不，到那群盜匪那邊找找？

「就以扇形編制擴大搜尋範圍，同意嗎？中間的飛機直接往東……」

一旦爬升到五十公尺的高度，風會像吸塵器一樣將我們吸乾。

我的好夥伴……

原來，這裡就是寶藏：你找到了！

在這片沙丘之上，雙手兩側平伸，面向這片深藍海灣，繁星似的村鎮，這夜，你幾乎沒有了重量……

在你往南方墜落之時，解開了多少根將你繫在港埠上的繩纜，輕如空氣的貝尼斯，只剩唯一的一個朋友，一根妄想拉住你的蛛絲……

這天夜裡，你變得輕盈，成了無憂無慮的靈魂。一陣暈眩擄獲了你，你升空直入天際，閃爍著如寶石般的光芒後消失。喔，你這個出逃者。

我的友誼蛛絲仍妄想著拉住你。我這失職的牧羊人，也該睡了。

塞內加爾的聖路易呼叫土魯斯：法美航空班機於第梅里

斯角東方發現。完畢。敵方附近，完畢。駕駛身亡，飛機撞毀，郵件完好。完畢。繼續送往達卡。

8.

達卡呼叫土魯斯：郵件安全送抵達卡。完畢。

愛經典 019

南方郵航

Courrier Sud

作者　安東尼．聖修伯里（Antoine de Saint-Exupéry）
譯者　蔡孟貞

出版者　愛米粒出版有限公司
地址　台北市 10445 中山北路二段 26 巷 2 號 2 樓
編輯部專線　（02）25622159
傳真　（02）25818761【如果您對本書或本出版公司有任何意見，歡迎來電】

總編輯　莊靜君
校對　金文蕙
行銷企畫　許嘉諾
行政編輯　曾于珊
印刷　上好印刷股份有限公司
電話　（04）23150280
初版　二〇二二年（民 111）一月十一日
定價　250 元
總經銷　知己圖書股份有限公司　郵政劃撥：15060393
（台北公司）台北市 106 辛亥路一段 30 號 9 樓
電話：（02）23672044/ 23672047　傳真：（02）23635741
（台中公司）台中市 407 工業 30 路 1 號
電話：（04）23595819　傳真：（04）23595493
E-mail: service@morningstar.com.tw

網路書店　http://www.morningstar.com.tw
法律顧問　陳思成
國際書碼　978-626-95371-2-9　CIP：876.59/110020348

Emily Publishing Company, Ltd.

因為閱讀，我們放膽作夢。愛米粒不設限地引進世界各國的作品。在看書成了非必要奢侈品，文學小說式微的年代，愛米粒堅持出版好看的故事，讓世界多一點想像力，多一點希望。

愛米粒出版
Emily

當讀者碰上愛米粒

線上回函
QR Code

掃回函 QR Code 線上填寫回函資料，即可獲得晨星網路書店 50 元購書優惠券。

愛米粒 FB：https://www.facebook.com/emilypublishing

更多愛米粒出版社的書訊

晨星網路書店愛米粒專區
https://www.morningstar.com.tw/emily

愛米粒的外國與文學讀書會
https://www.facebook.com/groups/emilybooks